FRÖKEN REMINGTONS STÅLSATTA BESLUTSAMHET

KURTISENS KOMPLIKATIONER

EBONY OATEN

FRÖKEN REMINGTONS STÅLSATTA BESLUTSAMHET

Fröken Amelia Remington arbetar med att arrangera äktenskap, men hon har absolut inga som helst avsikter att någonsin själv ingå ett. Som hjärnan bakom sin fasters hyllade äktenskapsförmedling är hon pragmatisk, diskret och fullkomligt nöjd i bakgrunden. Hennes planer på ett liv i stilla oberoende är på god väg att förverkligas, tills en framfusig walesisk markis anländer och kastar alla konventioner överbord. David Rosstrevor, Ardalith av Caernarfonshire, behöver en brud, och han behöver henne innan nästa tidvatten. Han har inget tålamod med societens lekar och ännu mindre för inställsamma unga damer. Från ögonblicket han får syn på den skarpsinniga, förvånansvärt kapabla fröken Remington är hans sökande över. Han tillkännager sina avsikter med en chockerande direkthet som gör Amelia mållös. Han vill inte att hon ska hitta en fru åt honom; han vill att *hon* ska bli hans fru. Medan Amelia försöker styra honom mot lämpligare kandidater blir hon alltmer fängslad av den ende man som ser henne – verkligen ser henne – och som är fast besluten att göra henne till sin, oavsett hur mycket hon än stretar emot.

KAPITEL ETT

London, December 1815

Den unga damen, fröken Waverley, pillade tyst med sin pompadour medan hennes mamma, fru Waverley från Pembroke Square-släkten Waverley, prisade sin dotters otaliga förtjänster. "Hon sjunger förtjusande, men endast för privata sammankomster med vänner och familj, aldrig offentligt. Hon undviker sena kvällar. Hon läser bara det mest lämpliga materialet och kisar aldrig mot sidan. Det är i handarbete hon verkligen briljerar. Hon kommer att bli en utmärkt hustru åt en viscount eller earl. Jag utgår från att om vi tecknar ett medlemskap kommer de nödvändiga presentationerna att äga rum på nästa bjudning?"

Änkan, fru Lamb, hällde upp te medan hon lyssnade. Då och då nickade hon, men sade ingenting nekande. Hon sade inte heller någonting jakande, vilket lämnade fru

Waverley att kasta sig in i tystnaden i konversationen och fortsätta prata om sin underbara, felfria dotter, som om den unga kvinnan inte i detta ögonblick satt i samma rum.

Amelia Remington satt tyst nära sin moster, fru Lamb. Med ett handarbete i handen var Amelia där för att synas men inte höras. Det var en utmärkt omständighet, eftersom det innebar att Amelia kunde tjuvlyssna helt ostraffat. Diskussionen skulle aldrig beröra henne, och hon skulle inte bli tillfrågad om sin åsikt.

Åtminstone inte medan damerna Waverley var närvarande. Senare skulle hon och hennes moster tala med varandra, och Amelia skulle ta fram sin bok och bläddra igenom sidorna för att hitta den mest passande partnern till en så exemplarisk och tystlåten varelse.

Talade den unga flickan överhuvudtaget?

Amelia sydde ett stygn och lade sedan ytterligare en informationssmula från fru Waverley på minnet för framtida bruk. Sy och lagra, lagra och sy.

"Naturligtvis", sade moster Lamb sina första ord på vad som kan ha varit tio minuter. "Det är en ytterst gemytlig miljö för äktenskapsmäkleri, och vida överlägsen alla andra. Vårt system har producerat en stor mängd lyckliga par. Vår butler, Simmonds, sköter bokningarna, så vänligen ge er donation till ändamålet till honom."

Moster Lamb tog aldrig emot någons pengar direkt. Det vore opassande.

"Ja", instämde lady Waverley. "Jag ska skicka ett bud

med medlen. Har ni kupongerna att dela ut, så att vi kan planera vilka evenemang vi ska närvara vid?"

Amelia tappade nästan ett stygn vid denna informationssmula. Bevare mig väl, den här mamman gick rakt på sak och ville ha kupongerna innan hon gick, utan att skiljas från några pengar.

Amelia virade tråden runt nålen och tryckte den sedan genom tyget för att göra en fransk knut, alltmedan hon undrade om fröken Waverley hade någon större hemgift att tala om.

För hemgift var ett ämne som definitivt inte hade nämnts under hela mötet.

Moster Lamb hostade i handen och ringde på en tjänsteflicka. Flickan kom med en bricka och dukade undan de tomma tekopparna och kannan. Detta möte var över.

"Jag bär inte med mig kupongerna", började moster Lamb, "som ni säkert förstår, så kan jag inte anklagas för att gynna någon av de unga damerna som söker makar, inte heller någon av de många, många lämpliga och titulerade herrar som besöker mina tillställningar. Det är inte en kvinnas lott att hantera pengar, vi är lyckligtvis befriade från sådant."

Stygnen ville inte fästa sig, då Amelia ursinnigt koncentrerade sig på sitt tyg i sybågen och bad att hon inte skulle brista ut i skratt åt det invecklade sättet kvinnorna dansade runt ämnet att betala för tjänster. Amelia Remington tvivlade inte ett ögonblick på att om moster Lamb gav familjen

Waverley kupongerna nu, skulle betalningen aldrig komma.

Simmonds, deras butler, hade bevisat sitt värde gång på gång, då han var den perfekta täckmanteln för den ekonomiska sidan av verksamheten. Han hade utvecklat en konst att öppna liggaren och föra in någons namn medan de tvekade inför betalningen. När deras namn väl var skrivet med bläck på sidan, drog de sig sällan ur affären, så att inte någon annan skulle se deras namn överstruket i den högst läsliga liggaren.

Oavsett deras situation hade Amelia instruerat Simmonds: om kunden inte betalade, fick de inte kupongerna. Gud välsigne mannen, han hade lytt dem till punkt och pricka. Det var trots allt i hans bästa intresse att denna strävan bibehöll sin framgång, sin diskretion och Amelias roll i verksamheten. Ja, att kräva pengar i förväg var en smula vinstgirigt, men det var ju även äktenskapsmarknaden.

En kvart senare hade de äldre och yngre Waverley lämnat Lamb House, utan att Amelia och moster Lamb var ett dugg klokare på om de hade betalat eller inte. De kunde kontrollera liggaren och de återstående kupongerna, men de var övertygade om att Simmonds hade hanterat det.

Moster Lamb ringde på tjänsteflickan, som kom in innan klockan helt hade tystnat.

"Mer te till min systerdotter, och en konjak till mig."

Tjänsteflickan neg och satte igång.

"Ska jag ställa den fruktansvärda fråga som inte alls togs upp under mötet med fröken Waverley?" frågade Amelia.

"Det behövs inte", sade moster Lamb och slog sig ner vid fönstret. "Flickan har ingen hemgift, det är jag säker på. Hennes enda chans att säkra ett äktenskap är att kompromettera en adelsman av något slag. Om det började hända på våra bjudningar skulle ryktet spridas snabbare än tyfus och vi skulle hamna i alla möjliga sorters trubbel."

"Vi skulle stå på bar backe", instämde Amelia.

"Värre än så", sade moster Lamb och vände sig mot henne. "Du skulle bli tvungen att gifta dig!"

Båda kvinnorna skrattade och Amelia tillade ett skämtsamt: "Allt utom det!"

Tjänsteflickan återvände med de begärda förfriskningarna. Amelia övergav sitt broderi och tog emot teet. Moster Lamb smuttade på sin konjak och suckade ljudligt. Det var bara de två ensamma här, och de fnissade båda. Amelia gick till sekretären och drog ut en låda för att ta fram flera hoprullade papper ombundna med ett band. Hon tog sedan fram familjens hårt tummade utgåva av Debrett's och bläddrade i den.

Moster Lamb tog en klunk till av sin konjak och förkunnade: "Jag slår vad om ett nytt vackert blått band till din hatt att det inte finns någon baronet Waverley."

"Du har rätt, moster. Det finns ingen baronet Waverley. Jag kan inte ens hitta Pembroke-grenen av ett sådant namn."

"Jag visste det."

Amelia slog igen boken som var så väsentlig för deras verksamhet. "Det är dock synd, för det betyder att det fortfarande är ojämnt på nästa bjudning. Vi har tjugofyra herrar och bara tjugo damer."

Moster Lamb smaskade belåtet efter ännu en klunk konjak. "Du kan ju alltid vara med."

Amelia skakade på huvudet och sade: "Det där konjaket har löst ditt tungas band, moster. Ingenting i världen skulle kunna få mig att delta i en bjudning, för jag ska aldrig gifta mig."

"Du kanske måste, för att jämna ut siffrorna."

"Inte om jag kan hjälpa det."

"Åh, kom igen, du kommer väl att gifta dig så småningom?"

"Det kommer jag inte. Jag tänker inte låta min man föra över en hemsk sjukdom från kontinenten för att påskynda min död, och än mindre dö i barnsäng i ett desperat försök att ge honom en arvinge."

Moster Lamb ställde ner sitt konjaksglas på sidobordet och reste sig, med armarna utsträckta för en omfamning. "Min älskade flicka, jag sörjer fortfarande din mor, liksom du måste göra. Gifta män kan lika gärna dö."

Påminnelsen om hennes mosters änkestånd tyngde Amelia. Moster Lamb hade inte gift sig förrän vid tjugotre års ålder och hade inte varit gift länge när hennes man kallades till flottan. När nyheten om hans tappra död slutligen nådde henne i London, hade hon hämtat en atlas för att hitta Adriatiska havet och fastställa sin mans sista viloplats. Nej, det var inte ett ställe hon enkelt kunde besöka för att lägga blommor på hans vattengrav. Det låg flera månaders resa bort. Det kunde lika gärna vara på andra sidan jordklotet. Det var fyra år sedan, och moster Lamb hade förklarat att hon inte skulle gifta sig igen. Inte för att hon slutat hoppas för Amelias skull.

Amelia tog deras hoprullade medlemspapper och spred ut dem på golvet och lekte äktenskapsmäklare med namnen. Nyckeln var att matcha människors personligheter lika mycket som deras plånböcker. Och deras ambitioner. Även deras relativa längd. Smala, taniga lorder kunde matchas med vem som helst, egentligen, och deras konstitution skulle troligen förbättras efter äktenskapet. Men smala unga kvinnor som kunde blåsa bort i en vindpust skulle inte klara sig till sin första bröllopsdag med en best. I fel händer kunde äktenskapsmäkleri vara en ödesdiger verksamhet, men Amelia var fast besluten att se till att ingen led.

Hon flyttade runt papperen och placerade dem vid ett imaginärt middagsbord. Var hon placerade folk kunde få enorma konsekvenser för resten av deras liv. Ansvaret tyngde. Dörren till deras rum öppnades.

Vad? De väntade ingen mer. Moster Lamb satte sig rakryggad. Simmonds bugade och annonserade deras nya besökare.

"Fru Lamb, fröken Remington, Ardalithen av Caernarfonshire."

"Vem då?" sade moster Lamb.

Mannen i fråga tog av sig hatten och gjorde en djup bugning. "Ardalithen av Caernarfonshire, till er tjänst."

Imaginära harpor klingade i Amelias öron när hon såg på det mest fascinerande ansiktet. Han såg ljuvligt ovårdad ut, som någon som kommit från en lång resa kunde göra. På honom tillförde det ett lager av vitalitet snarare än trötthet. Glittrande bruna ögon under välformade ögonbryn såg ner på henne. Kanske var det vinkeln – hon så lågt på golvet och han stående i full höjd, men hans ben verkade utomordentligt långa. Åh bevare mig väl, hon stirrade! Hettan steg uppför hennes hals och täckte hennes ansikte.

"Var ligger Karnation-sjur?" krävde moster Lamb.

Åh, kära nån, Amelia undrade om konjaken hade förvirrat mosters sinnen. Han kunde vara en ny abonnent. Att döma av hans kläder i senaste modet hade han pengar. Han skulle vara en nyttig annons för att få fler debutanter att närvara vid deras soaré-säsong.

Med en aning av brytning i sin accent sade han: "Caernarfonshire ligger i Herrens eget land, norra Wales. Ardalith är walesiska för markis."

Snabbt samlade Amelia ihop papperen och breven från golvet och buntade ihop dem. Hon reste sig och sköt in dem på närmaste hylla, innan hon vände sig om och sträckte fram handen till hälsning.

Moster Lamb presenterade dem. "Ers Nåd, detta är min systerdotter, fröken Amelia Remington."

"Ett nöje att göra er bekantskap, Ers Nåd", sade hon.

Han tog hennes hand och bugade sig prydligt över den, kysste sedan luften ovanför hennes hud. Trots bristen på kontakt spred sig en hetta över hennes hand och flöt uppför armen. När som helst skulle hon svimma, som de fåniga debutanterna som knappt piper under moster Lambs intervjuer.

Och ändå var han verkligen värd att svimma för.

När den svimningsvärde mannen rätade på sig till sin fulla längd, nickade han artigt mot moster Lamb. "Jag har det på goda grunder att ni är den societetsmatrona som kan presentera mig för min framtida brud?"

"Det är jag", sade moster Lamb och rörde lite vid sina kjolar. Amelia log för sig själv åt sin mosters tillfälliga obehag. Kanske var även hon överväldigad av det slående praktexemplaret till karl som stod i deras mottagningsrum, med sitt tjocka, vindrufsiga kastanjebruna hår. "Vi väntade inga fler besök denna eftermiddag."

Han såg förvånad ut. "Jag skickade ett bud i förväg med ett brev, men han måste ha blivit fördröjd."

Amelia hade en korg med korrespondens som hon ännu inte hade läst igenom. Ardalithens meddelande kunde finnas bland dem. Ack, med ansökningarna som de var, var deras bjudningar redan övertecknade med herrar. De behövde fler unga damer. Olyckligtvis för den nyligen intervjuade fröken Waverley, tvivlade Amelia på att hennes familj skulle köpa kuponger i tid.

Moster Lamb reciterade sina ofta upprepade regler: "Våra intervjutider är strikt mellan klockan två och fyra på eftermiddagen. Vänligen boka en tid med butlern på er väg ut, så ses vi vid vår nästa lediga tid."

"Ah ja, nåväl", sade ardalithen, köpte sig lite tid och strök med handen genom sina lockar, "det är ju alldeles utmärkt. Eftersom klockan inte är fyra än, varför håller vi inte intervjun just nu om en minut?"

Vilket underligt sätt att tala.

Amelia var tvungen att ingripa. "Den som väntar på något gott väntar aldrig för länge. Vi, jag menar, moster Lamb, kommer att behöva läsa ert brev först, sedan söka igenom sina papper för att fastställa er bästa chans till en matchning och därefter genomföra en intervju."

"Ja visst, mycket väl", sade han, "men för att vara ärlig har jag bråttom." Han skänkte henne ett saligt leende med prydliga, gräddvita tänder. "Jag måste segla med tidvattnet nästa vecka, innan vädret blir riktigt otäckt, och jag tar med mig min nya brud hem."

Moster Lamb hostade försiktigt i sin näsduk.

Hans ansikte fylldes av oro. "Jag kan betala, om det är det ni är orolig för. Ryktet om Lambs äktenskapsmäkleri har spridit sig vida omkring; det är därför jag är här. Men jag kan inte söla i London. Jag har arbete att utföra innan det dåliga vädret sätter in."

Det var redan vinter. Amelia undrade hur dåligt vädret kunde vara i norra Wales.

De kallade tillbaka butlern Simmonds och bad honom hämta bokningsliggaren. Han återvände några ögonblick senare med det nödvändiga.

"Har vi några lediga tider i morgon?" frågade Amelia.

Markisen sade: "Ni är en utmärkt assistent; er moster måste välsigna er dagligen."

"Åh ja", instämde moster Lamb villigt. "Jag vet inte vad jag skulle göra utan henne."

Butlern tittade på sidan, hans ögon rullade neråt, skakande på huvudet från vänster till höger medan han gjorde det, vilket gav intrycket av att det inte fanns några lediga tider i vad som måste vara en fullspäckad tidtabell.

Moster Lamb tillade: "Det är en mycket upptagen tid på året, som ni förstår. Många av våra manliga klienter är angelägna om att finna en partner före jul, men en förhastad matchning kan vara en förfärlig sak. En kvinna tycker om att bli uppvaktad."

Markisen strök med handen genom håret igen. Amelias fingrar kliade efter att få byta plats med hans.

Han lät som om han skulle be om ursäkt. "Under alla andra omständigheter skulle jag hålla med er. Eftersom jag har bråttom är jag beredd att betala extra för en villig kvinna."

Nu var det Amelias tur att hosta, av chock och ... hon var inte säker på vad det andra var. En märklig värme vecklade ut sig någonstans inombords.

Chocken tog överhanden; de hade aldrig haft en så snabb friare som närmat sig dem, och det fick hennes huvud att snurra. Och eftersom detta var moster Lambs affär, åtminstone på ytan, fanns det lite Amelia kunde säga.

Simmonds avbröt: "Vi har Waverley-tiden nästa torsdag. Om de inte kommer, skulle den här gentlemannen kunna ta deras plats?"

Ah ja, den blyga fröken Waverley. Inte ens Amelia tyckte att det skulle vara rättvist mot den stackars flickan att sparka ut henne ur böckerna så snart. Särskilt som de hade alldeles för många män.

Moster Lamb förkunnade: "Goda matchningar kan inte förhastas."

Amelia var helt enkelt tvungen att säga något, även om det normalt inte var hennes plats. "Som ni sade, Ers Nåd, har moster Lambs rykte nått Wales, vilket betyder mycket för oss. Men en enda dålig matchning skulle kunna skada hennes rykte permanent, och det skulle helt enkelt inte gå för sig. För att inte tala om det fjättrade paret i fråga, som är dömda till elände tills Herren kallar dem."

Mannen strålade av tillfredsställelse. "Utmärkt poäng. Och det vet ni, eftersom jag är säker på att er moster har parat ihop er med en fin herre."

Chockad över hur oförskämd han lät, var Amelia tvungen att rätta honom. "Jag är inte bunden till någon man, Ers Nåd."

"Underbart! Då är denna intervju avslutad. Jag kommer tillbaka för att hämta er och era tillhörigheter i morgon bitti."

Amelia var mållös.

Moster Lamb fann sina ord. "Ursäkta mig?"

"Fröken Remington", sade markisen. "Hon duger alldeles utmärkt. Jag kommer tillbaka för henne i morgon.

Jag betalar tredubbelt arvode om ni slänger med några tjänare."

Vilken enastående tur att hitta en kvinna som kunde läsa! David strålade när han strosade iväg från Lambs residens och vinkade till sig en hyrkusk till sitt logi nära hamnen. Fröken Remington skulle bli en synnerligen utmärkt hustru. I tankarna bockade han av hennes färdigheter medan droskan skramlade fram längs gatorna. Hennes gyllene hår glänste av robust hälsa. Hon såg välnärd ut, och hennes puls slog stadigt när han hade hållit hennes hand. Definitivt ett tecken på god konstitution. Det var en teknik han hade lärt sig under årens lopp när han undersökt hästar och boskap. Men det var läskunnigheten som allvarligt imponerade på honom. En utmärkt färdighet, och något som skulle vara användbart för att hjälpa honom att driva sina egendomar. Underbart!

Även om segling runt Storbritannien ibland var obekvämt, var det ett nödvändigt ont för att göra affärer runt deras spirprydda ö. Han föredrog segling framför diligensresor eftersom han inte blev sjösjuk, och det var snabbare. Ett skepp behövde inte byta hästar längs vägen, och han kunde sova i sin hytt.

Sjöresor gav honom en ursäkt att inte läsa. Han hade inte läst någonting under sin senaste seglats och hade varit fri från den där förfärliga huvudvärken i en hel vecka. Ära vare Gud!

Hans friska eufori måste förklara varför han hade friat till fröken Remington så snabbt. Han var praktiskt taget en yr pojkspoling igen, nu när hans huvudvärk var borta.

När han nådde värdshuset betalade han kusken John och gick in för en öl. Skänkrummet var fullt av män som misstänkt liknade sjöfolk. Åh, kära nån, de såg misstänkt ut som besättningen på Lady Rebecca, som skulle segla inom några dagar.

"Ahh, Cennar-fon-sjyyyr", skrek en man.

Ja, definitivt samma besättning.

David hälsade på honom med ett försiktigt leende.

Besättningsmannen nickade och sade: "Båten har fått en läcka. Det dröjer några veckor. Vi kan packa upp era lådor om ni vill åka hem landvägen istället."

Sjutton också! Det innebar att han skulle behöva konsultera listor och läsa igenom tabeller med avgångstider och destinationer. Han kände en huvudvärk komma smygande vid blotta tanken på det.

"En öl, tack, värdshusvärd!" sade han till mannen bakom baren.

Han skulle tänka på det i morgon. Hur mycket läsning än besvärade honom, var läsning i dagsljus ett mycket bättre alternativ än läsning vid ett fladdrande ljus.

KAPITEL TVÅ

I ett trängt läge töjde Amelia på reglerna för att låta miss Waverley delta i deras nästa sammankomst. Mrs Waverley hade lovat att betala avgiften så snart hennes make återvände från kontinenten.

En knivig situation, förstås. Skulle miss Waverley förbli oförlovad var det osannolikt att hennes mamma skulle betala över huvud taget. Skulle miss Waverley däremot göra ett gott parti skulle hon då få tillgång till sin blivande makes tillgångar.

En make som hon hade träffat genom Lambs, och som redan hade betalat för sina egna kuponger för att få delta och hitta en hustru. Varför skulle han vara benägen att betala två gånger?

Den andra gnagande känslan Amelia hade var hennes misstanke om att miss Waverleys familj var helt utan medel; därför skulle varje parti de arrangerade mellan miss

Waverley och en passande gentleman eller adelsman av lägre rang kunna ruinera Lamb Overture Voucher Enterprise.

Dessvärre var antalet deltagare bestämt, och trots deras bästa ansträngningar under den gångna veckan hade Amelia och moster Lamb inte lyckats få tag i tillräckligt många damer för att jämna ut deltagarantalet. Det var därför Amelia själv var närvarande denna svala kväll när ljuslyktorna lyste varmt längs väggarna. Hon hjälpte till att jämna ut den kvinnliga sidan av rummet, men det innebar också att hon kunde styra unga miss Waverley i de villiga och (såvitt hon visste, okräsna) armarna på ardalithen av Caernarfonshire.

Hans senaste besök hade visat att han var en man som var obekymrad över valet av hustru, bara att han behövde en snabbt.

Miss Waverley hade anlänt vid sin mammas arm. Hennes gräddfärgade klänning var vackert dekorerad med klart orangefärgade band och röda broderier runt ärmarna. Inte en kombination som Amelia skulle ha valt, men den drog blickarna till sig.

"Jag är så glad att du kunde komma", sa Amelia och gav miss Waverley en varm kram. Nyckeln här var att vinna miss Waverleys förtroende och vägleda henne till sin blivande make.

Miss Waverley svarade med en röst som pep som en dörr: "Tack."

Kejsnitt, kvinnan hade varit stum under sin tidigare intervju. Men det spelade ingen roll, Amelia var fast besluten att sköta presentationerna på bästa sätt. Medan moster Lamb tog hand om förklädena och matronerna utövade Amelia sin magi och skapade en lämplig miljö för uppvaktande kavaljerer att mötas.

"Där är ni ju!", kungjorde en varm röst med walesisk brytning.

Hon kunde inte ha samordnat detta bättre ens om de hade befunnit sig i en kontradans och vetat var alla var placerade.

Miss Waverley neg respektfullt, och han bugade sig tillbaka som förväntat. Amelia presenterade dem för varandra och miss Waverley lade ordlöst sin hand i hans och lät honom kyssa hennes handske.

Ja, det här skulle nog bli riktigt bra. Denne okräsne man skulle ta hand om den unga kvinnan och det skulle talas om äktenskapslicens inom några dagar.

Miss Waverley för sin del verkade ganska betagen i den walesiske markisen. Utmärkt!

Amelia tog tillfället i akt att avlägsna sig. "Det blir en vals i nästa omgång. Ursäkta mig, jag måste se till att förfriskningarna är klara."

Hennes plan kunde inte ha gått smidigare. Så varför kände Amelia ett sting av något bakom revbenen när hon gick därifrån? Med tanke på miss Waverleys situation och ställning hade den pipröstade debutanten lyckats mycket väl med att fånga en markis blick.

Natten var ung. Det skulle finnas gott om tid för dessa två att lära känna varandra bättre och avgöra om de verkligen skulle passa ihop. Det var just det som hela verksamheten handlade om.

"Jag kom just på", sa Amelia när hon åter närmade sig paret som var på väg mot dansgolvet.

De två vände sig mot henne. Hans ansikte visade mild förvirring. Miss Waverleys såg mer orolig ut, som om hon skulle bli tillrättavisad.

Amelia var tvungen att komma på något. Varför hade hon avbrutit dem? Det kunde väl omöjligt bero på ett styng av ånger över att ha fört samman dessa två människor?

Hon förde samman folk hela tiden. Det var hennes yrke.

"Jag är inte säker på att jag gav miss Waverley ett danskort", hittade Amelia på.

"Åh just det!", pep miss Waverley. "Tack!"

Markisen såg på henne och sa: "Det där är en röst som bär över dalarna."

Miss Waverley fnittrade och sa: "Tack. Jag älskar er accent också."

"Vilken accent?", svarade han.

Miss Waverley fnittrade igen.

"Jag är strax tillbaka", sa Amelia, "med danskortet. Varför går ni inte in under tiden så hittar jag er därinne senare?"

Ardalithen sa: "Javisst", och styrde bort miss Waverley.

Amelia försökte lugna sig medan hon letade efter ett extra danskort. Kunder som köpte kuponger fick dem vid mottagandet. Men eftersom miss Waverley ännu inte hade betalat hade hon inte fått något.

När hon var på väg tillbaka, med danskort och en liten penna i handen, gensköt ardalithen henne.

"Vad är det för dumt spel ni spelar? Kastar den där sparven i min väg för att distrahera mig från en guldkalv som ni själv?"

"Va?" Hade han kallat henne ... en gås?

"Ni vet vad jag menar." Han rättade sig själv. "Jag är inte mycket för baler och grannlåt. Jag må ha bråttom, men jag tänker inte bli behandlad som en dumbom. Vi vet båda två att det är ni som är den rätta för mig, och jag tolererar inga invändningar."

Det var ett under att hennes ögonbryn inte försvann upp i hårfästet, så chockad var Amelia. Hon tog ett sansat andetag och gick till motattack. Artigt, förstås. Inga höjda röster. Hon kunde lika gärna skicka hem alla om det skulle gå så långt. "Ni kom hit för att bli presenterad för en presumtiv hustru, och jag uppfyller det till punkt och pricka."

"Och jag har redan bestämt mig för er", sa han med den där berusande brytningen.

Skit också, den karln!

Hon tryckte danskortet och pennan i hans händer. "Var snäll och skriv ert namn för valsen och överlämna detta till miss Waverley när ni återvänder till dansgolvet. Jag tror mig höra att musikerna gör sig redo."

"Jag dansar med henne, men jag gifter mig inte med

henne", sa han och tog emot sakerna. "Vad behöver jag göra för att bevisa för er att ni skulle bli en perfekt ardlithes för mig?"

Skvaller skulle sprida sig snabbare genom societeten än en kall nordanvind. Amelia bad till Gud att ingen hörde hans förklaring. Hennes hjärta slog snabbare och snabbare. En ung kvinna kunde så lätt tappa huvudet för denna beslutsamma, stiliga, samlade man. "Jag är en affärskvinna; jag blandar inte ihop affärer med nöjen."

"Men det är er mosters verksamhet, eller hur?"

Åh, skit också. Just det!

Så nära hon hade varit att avslöja allt så snart efter att ha träffat detta förvirrande, frestande exemplar. "J-ja. Visst är det moster Lambs verksamhet, och som hennes assistent är jag här för att hjälpa till på alla sätt jag kan. Om jag gifte mig skulle det ställa till det för henne."

Sådär, det borde duga som förklaring.

Såvitt societeten visste var detta moster Lambs verksamhet. Det spelade ingen roll att det hade varit Amelias idé, och att det var hon som gjorde det mesta av arbetet. Och napbildningen, som förmodligen var den viktigaste delen. Faktum var att ingen societetsmamma skulle anförtro sin dotters framtida lycka och förbindelser åt en ogift ung kvinna att arrangera. Men en änka med gott anseende? Fullständigt respektabelt.

Men om Amelia gifte sig skulle det inte finnas något sätt att hålla hennes allomfattande arbete hemligt för hennes make. Han skulle vilja att hon gav upp det, eller lämnade över allt till honom.

Inte en chans.

Hon fick helt enkelt förbli singel och låta moster Lamb ta åt sig all ära. Lamb Overture Voucher Enterprise gick alldeles för bra för att Amelia skulle kunna tänka sig att avsluta allt och gifta sig. Oavsett hur frestande den där mannen än må vara.

KAPITEL TRE

Amelia älskade särskilt eftermiddagarna efter en äktenskapsmäklande sammankomst kvällen före.

Mostern Lamb skulle vara översvämmad av glada biljetter från debutanter och förhoppningsfulla visitkort från gentlemän. Det var nu det verkliga arbetet började. Billetterna må ha varit adresserade till fru Lamb, men det var fröken Remingtons uppgift att läsa igenom varje biljett och kort och beräkna chanserna för ett gott parti med en annan deltagare som de hade gjort närmanden till.

Detta var den unika affärsidén som särskilde deras verksamhet från mängden. Alla som fick en kupong skickade sedan också ett meddelande till fru Lamb, i förtroende förstås. De unga damerna (troligtvis med sina mammor som såg över deras axlar) angav vilka gentlemän de skulle kunna tänka sig att ta emot besök från. Gentlemännen skickade sina kort med namnen på de unga damer som de gärna skulle besöka. Det var ett utmärkt sätt att hålla reda på lyckade partier, och även ett bekvämt sätt för dessa unga människor att rädda ansiktet om ingen skulle vilja komma på besök eller ta emot ett. Eller om de skulle få för många, vilket ibland hände.

Amelia kände inte till någon annan verksamhet som erbjöd ett sådant system, även om hon var säker på att ryktet om fru Lambs framgångsrika metoder snart skulle spridas.

Det var också Amelia som läste igenom alla ansökningar och den efterföljande korrespondensen. Det var hon som visste hur man skapade ett gott parti. Detta hårda arbete från hennes sida skapade en utmärkt avledningsmanöver för societetsmammorna som försökte påverka moster Lambs åsikter med gåvor och ytterligare inbjudningar. Medan moster Lamb glatt tog emot sina gåvor kunde hon ärligt säga att förmånerna inte påverkade henne det minsta. Detta var den ärliga sanningen, eftersom det var Amelia som utförde analysen för potentiella partier. Detta kunde hon göra ostört, eftersom de flesta inte ägnade henne någon uppmärksamhet.

De flesta, men inte alla.

Simmonds dök upp i dörren till arbetsrummet. "Markisen av Carnations väntar i salongen, fröken."

Amelia försökte att inte fnissa. Markisens titel var något av en munfull. Hon hade svårt att minnas hans korrekta titel. "Jag har ingen avtalad tid med ar-da-liffen. Säg till honom att jag är upptagen."

Steg hördes i hallen och markisen själv gick rakt förbi butlern och klev in i Amelias fristad. "Det ser jag!"

Han höll fram en rosa nejlika – den måste ha odlats i ett växthus.

Amelia reste sig och gick mot honom, för att ta emot blomman men också för att se till att hans blick var fäst på hennes ansikte, och inte på det brevbeströdda skrivbordet som en kvinna inte borde arbeta vid. Om han såg breven adresserade till hennes moster, eller de många visitkorten från gentlemännen, skulle det avslöja hennes roll i verksamheten.

"Jag uppskattar gesten, som må vara *de rigueur* i Wales, men att dyka upp oanmäld i ett privat hem är inte hur vi beter oss i ett civiliserat land, Ers Nåd. Var vänlig boka en tid-"

"Struntprat", sa han och avbröt Amelia tvärt. "Det här är väl en affärsrörelse? Det är ett privat hem när ni vill att det ska vara det, men ni sköter alla era affärer här. Ni är farligt nära att betraktas som handelsfolk, om jag får vara så oförskämd." Detta chockade Amelia till tystnad. Han fortsatte: "Ni försöker leda mig på villovägar med era omöjliga engelska regler, och det tänker jag inte gå på. Jag tänker inte heller få pladdrande debutanter kastade på mig. Jag behöver någon som kan organisera ett gods, inte någon vacker tingest som inte kan nysa utan sin mammas tillåtelse."

Amelia kände sig redo att explodera, men först var hon

tvungen att få ut honom från sitt kontor och bort från de komprometterande breven som skulle förråda allt.

"Var vänlig vänta på mig i mottagningsrummet, jag kommer strax."

"Jaså! Ni kommer ner strax, säger ni? Och hur lång tid kommer det att ta?"

Något måste ha gått förlorat i översättningen här. "Det kommer att ta mig exakt fem minuter. Uppfyller det era krav?"

Han nedgjorde henne med ett saligt leende.

"Då stannar jag här tills ni är redo."

Amelia knöt händerna i maktlösa nävar, men inte så hårt att hon krossade nejlikans stjälk, eftersom blomman var ganska vacker.

"Nej, det ska ni inte. Ni ska bege er till mottagningsrummet medan jag ..."

Åh, nej. Hon hade nästan sagt vad hon skulle göra. Plocka ihop pappersarbetet. Men varför skulle hon hålla på med pappersarbete? Varför var hon ens i ett kontor? Detta var en mans domän, och ju förr hon fick bort honom från detta rum, desto bättre.

Markisen gav henne ännu ett förödande leende.

Amelia sa snabbt: "Jag har ändrat mig, vi går båda till mottagningsrummet." Med det sagt stormade hon ut ur rummet. När hon nådde hallen vände hon sig om för att se till att han följde tätt bakom henne.

Va?

Han var inte bakom henne! Inte butlern heller.

Butlern sa något i stil med: "Ni behöver inte bekymra er om dem."

Amelia rusade tillbaka in och fann markisen i färd med att granska breven och korten på hennes skrivbord.

Förbaskat. Han skulle förstöra allt!

"Vad är det som pågår här?" sa han, viftade med handen över de många breven på skrivbordet och vände och vred på dem. "Det här är inget en ung kvinna ska vara inblandad i. Var är er moster? En änka borde sköta detta, hon vet åtminstone vad som förväntas av ett äktenskap."

Med nejlikan i handen som en dolk bestämde sig Amelia för att det enda sättet att ta sig ur detta var att bluffa sig igenom det. Hon stålsatte sig för en störtflod av lögner. Hennes hjärta bultade, händerna blev kalla och fuktiga. Detta var ett nödvändigt svek, eftersom hela deras verksamhet stod på spel.

"Moster Lamb är opasslig. Jag rycker bara in för att hjälpa till att effektivisera verksamheten medan hon ... är ... opasslig."

Markisen kisade. "Så snabbt ni förstälde er. Ni är en listig en."

"Förställer mig?" upprepade Amelia ordet så att hennes hjärna skulle hinna ikapp de stormande känslorna. "Vad gör ni på ett privat kontor och går igenom privat korrespondens som inte är adresserad till er? Om detta är det högdragna och mäktiga vis ni sköter era affärer på i Wales, kanske det vore bäst om ni återvände till era ägor omedelbart."

Påverkade det honom? Skämdes han det minsta över att han gjorde intrång och lade sig i affärer som inte var hans?

Inte ett dugg.

Han skrattade.

Skurken skrattade!

Ett djupt, hest och irriterande attraktivt skratt som sände rysningar genom hennes kropp.

Som om han hällde citronsaft i hennes känslomässiga sår började han öppna lådor och rota igenom dem. "När jag först såg er", sa han och mönstrade Amelia från topp till tå som om hon var ett pris han kommit för att hämta, "satt ni på golvet, med papper upp till knäna. Idag finner jag er med ännu mer pappersarbete. Er moster, å andra sidan, har aldrig synts till med en papperslapp eller penna i handen."

"Vad har detta med någonting att g-"

"-Er kära moster Lamb gör inget av arbetet här, eller hur?"

Med aska i munnen famlade Amelia efter mentala fragment. "Det är hennes namn på företaget!"

"Ni undvek min fråga." Han lade armarna i kors över sin ansenliga bringa. "Men genom att göra det har ni besvarat den perfekt. Det är ni som utför allt slit, och hon som får all ära."

Något varmt och farligt vecklade ut sig inom Amelia, trots att hon var fullständigt rasande. Plus något annat. Hon hade varit i detta rum med många stiliga män förut. Alla hade ignorerat henne och trott att hon var personal, eller moster Lambs assistent. Om de ens hade tänkt på henne överhuvudtaget.

Markisen av Carnations hade äntligen lagt märke till henne.

Mer än så, han hade lagt märke till vad hon höll på med.

Fasiken!

Rädsla gjorde henne desperat. "Ni måste lova att inte berätta för någon. Jag ska återbetala era kuponger och ni kan återvända till Wales när det passar er."

Han höll armarna i kors och lutade sig bakåt mot skrivbordet, så att han satte sig med låren och baken på ytan. "Ett litet problem med det. Båten har fått en läcka och kommer inte att segla. Jag verkar ha mer fritid än jag tidigare hade budgeterat för, fröken Remington."

"Nåväl, mister ... Ers Nåd, det är inte mitt problem."

"Rosstrevor", sa han.

"Vad?"

"Mitt namn är David Rosstrevor. Ni tror att om ni gifter er måste ni ge upp allt. Om ni gifter er med mig, låter jag er fortsätta med er handel. Det är en utmärkt verksamhet; varför skulle ni vilja sluta?"

Hur smickrad Amelia än var över att David Rosstrevor tyckte att hennes affärsverksamhet var utmärkt, hade hon ingen avsikt att ta risken att förlora den. Särskilt inte så snart efter att den hade blivit framgångsrik och hade potential för ännu större framgångar.

"Jag tackar er återigen för erbjudandet, men jag måste

absolut tacka nej. Var vänlig och lämna lokalen; denna audiens är över."

Hon gick ut och begav sig till köket, där hon överraskade köksan. "Kan ni be Simmonds att se till att markisen är borta, och sedan låsa dörren? Jag vill inte ha några fler besökare resten av dagen."

Köksan neg. "Ja, frun."

KAPITEL FYRA

Senare samma eftermiddag, efter att kusten definitivt var klar och det inte skulle bli några fler avbrott, satte sig Amelia vid sitt skrivbord igen.

David Rosstrevor, markis av Caernarfonshire, må ha lämnat rummet för timmar sedan, men hans närvaro dominerade fortfarande.

Hon stålsatte sig för vad hon innerligt hoppades skulle bli några timmars oavbrutet arbete, och satte igång med att para ihop damer med herrar och sedan skriva till nämnda herrar att damerna ifråga skulle acceptera ett besök. Det var vad hon gjorde dagen efter en tillställning, och arbetsflödet lugnade och betryggade henne.

Men ack!

Stackars miss Waverley.

Inte en enda herre hade skrivit hennes namn på

baksidan av sitt visitkort. Hade hon gjort ett så dåligt intryck att inte en enda man kunde se hennes potential?

Medömkan fick det att stocka sig i Amelias hals. Den stackars unga kvinnan skulle troligtvis inte få en lyckad säsong om denna första utflykt var något att gå efter. Än viktigare var att det var osannolikt att Amelia skulle få se ett enda öre från mrs Waverley om ingen visade intresse för hennes dotter.

Det var därför Lambs alltid tog betalt i förskott. Att driva in betalningar efter en matchning var svårt nog. Att pressa pengar ur en snål börs efter att ingen matchning alls ägt rum? Hopplöst!

Om inte?

Amelia fick en illvillig tanke. Tänk om hon arrangerade så att Arda-nånting-markisen av Caernarfonshire avlade henne ett besök? Detta skulle kunna gynna Amelia också, eftersom det skulle kunna få den snokande markisen att sluta lägga sig i hennes affärer. Ju längre han stannade i London, desto större var risken att han avslöjade hennes hemlighet. Om det skedde avsiktligt eller oavsiktligt spelade ingen roll. Varje dag han blev kvar här ökade risken att hon skulle bli avslöjad som den verkliga personen bakom äktenskapsförmedlingen.

Han hade genomskådat deras maskerad så snabbt, han hade listat ut att faster Lamb bara var verksamhetens ansikte utåt i ett nafs. Kunde hon lita på att han skulle bevara deras hemlighet?

Inte en chans!

Om folk fick veta att en ogift, oerfaren ung dam stod vid rodret skulle allt kollapsa på ett ögonblick. Herregud, folk skulle kanske också vilja ha tillbaka sina prenumerationsavgifter, och det skulle innebära en fullständig katastrof.

Hon skulle arrangera så att miss Waverley och markisen besökte Lambs på samma eftermiddag. På så sätt skulle hon ha dem båda i samma rum och kunna tillgodose deras ömsesidiga behov. Det skulle inte dröja länge förrän hon hade dem båda ur vägen och ur sina böcker, och även från sitt samvete, eftersom de då skulle befinna sig någonstans i Wales och inte avslöja Lambs hemligheter.

Hon flinade för sig själv åt hur listig hennes plan var och började skriva inbjudan till markisen. Allt detta skulle bli strålande.

En timme senare överlämnade hon sin korrespondens till deras betjänt. När hon gick tillbaka till sitt kontor såg hon en markisformad skugga som mörklade fönstren vid ytterdörren.

Rackarns!

Butlern dök upp och sa mjukt: "Ska jag säga honom att ni inte är hemma?"

Det var frestande att hemfalla åt undanflykter, men han skulle utan tvekan se betjänten ge sig av med korrespondensen, och det skulle göra det till en fars att inte vilja möta honom.

Med ett stadigt andetag skakade hon på huvudet.

Hon hade ju trots allt skrivit breven. Han kunde komma in samtidigt som hennes korrespondens gick ut, för korrespondensen behövde verkligen gå ut. Hon var sen med breven idag, på grund av ard-a-lithen.

"Lika bra att släppa in honom, han kommer bara tillbaka senare. Bäst att ta itu med honom nu."

"Ska jag föra honom till väntrummet?"

Amelia nickade nästan, men ändrade sig sedan. "Nej. För honom till mitt kontor, jag inväntar honom där."

Det fanns inga fler olästa brev på hennes skrivbord, inget som kunde förråda någon annans förtroenden. Likväl skulle det vara praktiskt att ha familjens tjänare i närheten. "Var snäll och vänta utanför kontorsdörren, i den händelse att jag skulle behöva hjälp."

"Givetvis, miss Remington."

Amelia pressade nervöst handflatorna mot kjolarna, smet tillbaka till sitt kontor och satte sig bakom skrivbordet, medan hon i sista minuten gjorde en mental inventering av allt som kunde verka komprometterande.

Butlern knackade på dörren och öppnade den.

"Ardalithen av Caernarfonshire är här för att träffa er, miss Remington."

Amelia reste sig från sin stol när mannen kom in. Hon drog ofrivilligt efter andan vid åsynen av honom igen. Hur vågade han se så storslagen ut i sin fina yllerock som framhävde hans breda axlar.

När han tog av sig hatten lade hon märke till att hans hår hade förbättrats avsevärt med en nylig klippning. Unga miss Waverley skulle bli en mycket lyckligt lottad brud, förutsatt att hon tog tillfället i akt.

Hans vackra yttre hotade att rasera hennes fasta beslut att förbli ogift. Amelia svalde och påminde sig själv om att David Rosstrevor var bombastisk och enväldig. Han bodde också så förfärligt långt borta. Hon skulle aldrig få se sina vänner eller faster Lamb igen om de gifte sig.

Någonting skavde i hennes hjärna; insikten om att hennes verksamhet inte bara skulle lida utan högst troligt gå helt omkull om hon och markisen utvecklade någon form av band. Det betydde inte att hon inte kunde uppskatta mannen för vad han var, ett verkligt praktexemplar. En man hon helhjärtat kunde rekommendera till en ogift ung kvinna i behov av en välbärgad make.

"Ah, gott, ni är här", sa han i form av en introduktion.

"God eftermiddag, ers nåd", svarade hon med en nigning, som han hade rätt till, även om han personligen inte förtjänade en sådan artighet. "Min faster är inte tillgänglig för närvarande, men jag kan framföra eventuella ärenden ni har till henne."

"Nu, nu, ni behöver inte hålla på med sådana krusiduller med mig. Jag är här för att träffa er, förstås", sa han.

Amelia kände hur hon log åt en retsam tanke. "Om ni är här i affärer, vore det försumligt av mig att inte påminna er om den engelska seden, under säsongen, att herrar sköter affärer på förmiddagarna och avlägger besök hos damer på eftermiddagarna."

Det verkade knappast vara någon mening med att försöka förbättra hans seder eller hans förståelse för den lokala etiketten, med tanke på hur snart han skulle ge sig av. Apropå det: "Ni gjorde ett stort intryck på miss Waverley. Hon skulle bli mycket glad över att få ett visitkort från er, kanske ett besök imorgon eftermiddag?"

Han höll hatten i händerna och flyttade vikten från den ena foten till den andra. "Kan vi vara snälla och sluta låtsas? Jag ställde till det eftersom jag hade bråttom. Jag har sedan dess haft tid att tänka."

Det lät som om han ville be om ursäkt. Amelia höll tyst och lät tystnaden växa så att han kunde förklara sig mer utförligt.

"Skeppet är skadat och kommer inte att vara klart på flera veckor. Jag finner mig i behov av att ordna alternativa arrangemang för återresan. Jag behöver er hjälp i den saken."

En värme fyllde Amelia vid tanken på att han skulle stanna i London längre. Åh, kära nån, var kom det ifrån? Hennes tanke hakade upp sig. Han hade redan berättat för henne något om en läckande båt och sin extra fritid. Hade han minnesproblem såväl som dåliga seder?

"Betyder det att ni skulle vilja ha fler kuponger till fler middagar? Det kommer inte att vara många fler före jul, men de återupptas på det nya året och pågår hela säsongen."

Hon flyttade sig till sin stol och drog sedan ut en låda där hon tog fram ett papper för att göra en anteckning. Vilket utmärkt tillfälle att skapa mer affärer. Hon drog sedan i klocksnöret, och butlern dök upp.

"Huvudboken och kupongerna till markisen", sa hon.

Markisen förblev stående. "Utför er faster verkligen inga av affärsfunktionerna?"

Amelia stannade upp och höll blicken fäst på medeldistans, utan att våga se på honom.

"Ni visste exakt vad ni skulle göra, gick rakt på sak själv. Ni har gjort detta alltför många gånger tidigare", sa han.

Förvirrad stängde Amelia lådan. Hon höll sin ton kort och officiell. Det var det bästa sättet att hålla honom på avstånd. "Varför är ni här, ers nåd?"

"Jag är här för att avlägga er ett besök. Jag uppvaktar er."

En hetta flammade till lågt i hennes mage vid hans medgivande. För ett flyktigt ögonblick njöt hon av den ogenerade deklarationen att han inte bara var här för att träffa henne, utan att han var här för *hennes* skull.

Inte för att det någonsin skulle kunna hända.

"Jag är smickrad, givetvis. Men om jag har fått er att tro att jag var mottaglig för uppvaktning, måste jag uppriktigt be om ursäkt. Förstå att detta inte är menat som någon kritik mot er. Vilken annan kvinna som helst skulle vara förtjust över sådan uppmärksamhet. Såsom miss Waverley, som skulle uppskatta era ... ah ... uppmärksamhet."

Han gick närmare skrivbordet medan hon talade, och

flyttade en stol för att sätta sig mitt emot henne. "Självklart är ni smickrad. Jag är en eftertraktad ungkarl och en adlig lord med en generös uppgörelse. Om ni behöver er faster så mycket, ta med henne."

För en flyktig sekund fick han allt att verka så enkelt.

Men bara för en sekund. "Min faster har en framgångsrik verksamhet att sköta. Jag behövs för att hjälpa henne. Jag måste stanna."

Han lutade sig fram och lade båda underarmarna på bordet. "Sluta låtsas att jag inte redan har genomskådat denna fåniga list. Hursomhelst, om det betyder så mycket för er, ta med faster Lamb som er täckmantel och etablera er i Wales."

Han var för nära, hans intensitet, den rena viljestyrkan hos honom.

Butlern kom in med huvudboken och de kortformade kupongerna.

Med en rosslig hals sa Amelia: "Var snäll och lägg dem på skrivbordet, och be husan att komma med te."

I samma ögonblick som butlern lämnade rummet sa hon: "Det är inte så enkelt." Amelia lutade sig tillbaka och skapade avstånd mellan sig själv och denna egensinniga man.

"Jag kommer inte att berätta för någon att ni är hjärnan bakom allt, om det är det ni är orolig för."

För att vara en landlevande människa gav Amelia ett otroligt bra intryck av en sötvattensfisk, när hon öppnade och stängde munnen utan resultat.

"Er hemlighet är säker hos mig", sa han och lade ett finger vid sidan av näsan. "Även om detta bara får mig att åtrå er ännu mer. En elegant ung kvinna, men inte så ung att hon skulle irritera sinnena. Vis och klok. Ni skulle bli en utmärkt och kapabel hustru och föreståndare för mina vidsträckta egendomar."

Var han tvungen att säga 'vidsträckta' egendomar, som om det var något slags pris? Vilket det helt klart var. Tusan, tusan, tusan också med den mannen. Amelia suckade. "Jag hoppas att jag kan lita på er ... diskretion ... i dessa frågor?"

"Vad behöver jag vara diskret om? Ni är en fin kvinna, med ett skarpt intellekt och talang därtill. Om jag låter alla och envar veta att jag uppvaktar er, är det väl till er fördel."

Amelia skakade på huvudet. Han var så många steg före henne att det gjorde ont. "Är det?"

"Ja, det kommer att hålla andra herrar borta, när de vet att vi har en överenskommelse."

"Men det har vi inte."

"Det vet inte de."

"Snälla, ers nåd–"

"Kalla mig David."

"Det skulle jag omöjligt kunna. Lord Caernarfonshire, älta inte denna punkt. Ja, jag medger att jag samordnar en äktenskapsförmedling, men jag ställer inte, och kommer inte att ställa, mig själv till förfogande för en matchning. Det är för andra."

Han lade armarna i kors och lutade sig tillbaka och mönstrade henne. "Varför är det inte för er?"

Han var verkligen envis. "Hur skulle jag möjligen kunna fortsätta med verksamheten bakom min blivande makes rygg?"

"Men det skulle ni inte behöva, eftersom jag redan har sagt att jag vet allt om vad ni håller på med. Och om det inte var jag, rent hypotetiskt talat, om det var någon annan, varför skulle han inte delta och expandera verksamheten? Det är inte bara folk i London som behöver er. Jag kan tänka mig många större städer där möjligheterna skulle uppstå. Varför inte tillgodose dem som inte vill eller kan komma till London?"

Han var envis igen och slet på varenda en av hennes nerver. De som inte redan förrådde henne genom att sända livsgnistor genom hennes system. "En gift kvinna som arbetar?"

"När hon är så bra på det som ni är? Ja!"

"Jag vet inte hur de gör i Wales, ers nåd, men det är inte så man gör här."

"Snälla, kalla mig David. Mängder av kvinnor arbetar sida vid sida med sina män över hela Storbritannien. Det ger mer inkomst till att börja med."

"Det är för att de måste, ers nåd. Reglerna är annorlunda i våra kretsar. Kan ni föreställa er hur förolämpad min make skulle bli, vilken fruktansvärd skandal det skulle bli, om jag fortsatte att bedriva affärer efter att vi förlovat oss?"

Han ryckte på ena axeln och sa: "Jag skulle inte bli förolämpad." Sedan fäste han blicken på henne och förklarade:

"Jag skulle låta min fru bedriva vilken verksamhet hon än kunde vända sitt kloka huvud till, så länge hon kallade mig vid mitt förnamn."

"Då är er framtida hustru en mycket lyckligt lottad kvinna. Apropå henne, så tror jag att miss Waverley väntar på ert besök. Det skulle vara mycket oartigt att ignorera en sådan inbjudan."

"Åh, nej, inte hon. Hon duger inte alls."

Amelia började räkna på fingrarna: "Hon är trevlig, frisk, ung."

Markisen härmade Amelia genom att räkna på sina egna fina fingrar: "Fingervridande och timid i talet."

Amelia stammade fram: "Timid i talet?"

Han skrattade och slappnade av. "Allt hon gör är att vrida på fingrarna hela tiden och är för rädd för att prata. Vi kommer aldrig att komma överens. Inte som ni och jag gör. Den här konversationen är upplivande. Jag tycker om hur ni utmanar mig."

Amelia pustade ut. "Kanske borde jag börja med fing-ervridande?"

"Ni är också mycket lättare att se på."

Åh, så ljuvliga hans ord var, men hon var tvungen att hålla dem på avstånd för att inte falla för deras sötma. De kom ingen vart alls! "Det finns många fler skönheter i London", förklarade Amelia.

"Sant", han lutade sig fram igen, som en katt på väg att slå till en mycket trött mus. "Men jag slår vad om att ingen av dem är lika klok som ni."

Om han bara kunde sluta ge henne komplimanger och få henne att känna sig så framstående. "Snälla, sluta. Varför kan ni inte acceptera att jag inte kommer att gifta mig?"

Han vecklade ut armarna och bredde ut händerna. "För att det inte är logiskt. Inte ett dugg. Ni säger att ni skulle behöva ge upp verksamheten om ni gifte er med någon härifrån, men jag har redan förklarat att jag gärna skulle stödja vilket projekt ni än ville. Ni skulle kunna expandera till Wales och skapa matchningar där lika bra som ni gör här."

Varje gång han sa ord som 'här' eller 'år' lät de mer som 'här' och 'år' fast med en annorlunda melodi. Den avledande kadensen i hans melodiska röst skulle förstöra hennes beslutsamhet om hon inte var försiktig.

Han fortsatte. "Är det så att ni vill bli bättre uppvaktad? Är det det?"

Hur skulle hon förklara?

Han verkade inte vilja vänta. "Jag måste erkänna att jag var tvär när jag först kom, och jag har ingen erfarenhet av uppvaktning. Jag har dock affärsskicklighet, märk väl, och det var därför det var uppenbart för mig att det inte var er faster som stod vid rodret, utan ni själv."

Hans logik överväldigade henne. Hon justerade en inbillad fellagd hårslinga och strök handflatorna längs kjolarna. "Ers nåd, jag finner att jag trivs med att vara ungmö. Min tid och mitt liv är mina egna. Ja, verksamheten är något jag har skapat, med min fasters hjälp som det acceptabla ansiktet utåt, vilket ger mig större frihet att bygga upp verksamheten och få den att växa till något som gränsar till lukrativt, utan att vara oanständigt."

Han lutade sig tillbaka och log, och det sände en kall kår genom henne. Detta var inte ett glatt leende. Det var en beräkning. "Hur länge tror ni att societeten kommer att acceptera att er faster driver en äktenskapsförmedling, när hon inte ens kan ordna en matchning åt sin vackra systerdotter?"

Det var förstås hans eget fel. Han borde ha uppvaktat henne från början, varit artig, erbjudit fler komplimanger. Om miss Amelia Remington ville bli uppvaktad, skulle han uppvakta henne. Han måste hitta ett sätt att visa henne att han menade allvar. Han ville att hon skulle veta att hon fortfarande kunde driva sina företag efter sitt hjärtas lust och vara gift. Helst med honom. Hon hade det slags fina intellekt som skulle göra henne till en utmärkt föreståndare för hans egendomar. De behövde verkligen en föreståndare. Det blev bättre, men bara för att han skötte de flesta av sina affärer i huvudet. Hans huvudböcker hade knapphändiga anteckningar – hans eget fel att han gav efter för huvudvärken.

Han behövde bara titta på de oöppnade böckerna för att hans huvud skulle börja bulta. Men Amelia Remington hade inga sådana åkommor. Han hade sett hur hon läste, hur hon skrev. De där bedårande små glasögonen på nästippen som hjälp vid finskrift. Jo, han hade försökt bära glasögon. Huvudvärken hade hållit i sig, så han hade slutat försöka.

Han behövde någon med Amelias intellekt och uppenbara frånvaro av huvudvärk för att sköta bokföringen, och han slog vad om att hon skulle vara briljant på att bedöma rätt sorters grödor att plantera och boskap att avla på. Det måste finnas ett bättre sätt att öka avkastningen. Hon skulle vara bra på det. Att matcha människor måste vara ungefär samma sak som att matcha grödor med väderförhållanden.

Åtminstone var det vad han hoppades. Han ville inte erkänna hur desperat han var att hålla igång allting. Hur stor press det var att överlåta marken till gruvorna.

Det var lukrativt, men han skulle bara kunna sälja den en gång. Om han höll marken produktiv kunde folk äta produkterna. Om det blev en kolgruva kunde folk inte äta kol.

Han förbannade sig själv. Om han inte hade gjort ett så fruktansvärt första intryck, om han inte hade blivit så överrumplad av henne, skulle han ha haft tid att göra detta ordentligt.

Han skulle helt enkelt få skynda på och uppvakta henne på rätt sätt.

"Jag har en inbjudan till ett musikevenemang. Jag skulle uppskatta det mycket om ni ville följa med mig dit."

"Ett vad?"

Han tog fram biljetten ur fickan. "Det kallas en musikalisk soaré, och den är i Mayfair om tre dagar."

Sättet hennes ansikte lyste upp när hon tittade på biljetten och läste innehållet. Han hoppades att han hade beskrivit den korrekt och inte tagit fram fel biljett.

"Åh, herregud!", hon lade handen för munnen, "hur har ni kommit över en så värdefull inbjudan?"

"De är gamla familjevänner. Hon gav den till mig när jag avlade henne ett besök. Betyder det att ni kommer?"

"Jag ..." Hon såg ut som om hon ville, men höll tillbaka.

Han tryckte på. "Det skulle kunna vara bra för affärerna. Ta med er faster som förkläde; ni kanske kan rekrytera fler ensamstående damer till verksamheten samtidigt. Era siffror var i obalans häromkvällen."

Han iakttog hennes ansikte för tecken på intresse. Hon nickade. Utmärkt.

"I så fall tackar jag för inbjudan, ers nåd."

"Snälla, kalla mig David."

KAPITEL FEM

Amelia Remington vaknade till ljudet av regn som smattrade hårt mot fönstret. Knappast förvånande med tanke på denna tid på "yor", som David hade kallat det. Herregud. Hon tänkte alldeles för mycket på den mannen.

Mannen hade också alldeles för rätt. Hur illa såg det inte ut för moster Lambs äktenskapsförmedling att fortfarande ha en ogift systerdotter? Nåväl, det såg inte alltför illa ut just i denna stund, men om ytterligare en säsong skulle det kunna göra det. Om två säsonger till skulle det definitivt göra det. Efter det skulle moster Lambs anseende sjunka som en sten.

Amelia var tvungen att se till att det inte hände. Det ökade pressen på henne, men hon var säker på att hon skulle klara det. Hon behövde helt enkelt åstadkomma ett otroligt parti bland sin nuvarande skara kunder. Säsongens bästa parti. Ett parti som skulle få folk att tala om Lambs i beundrande ordalag i många "yor" framöver.

En stiftelse. David grubblade över det medan han, miss Remington och mrs Lamb åkte i vagnen mot den musikaliska soarén.

Han behövde hitta ett sätt att visa Amelia att hon kunde anförtro honom sina hemligheter och ...

En snilleblixt slog ner i hans huvud.

Förtroende!

Han skulle låta en advokat upprätta en stiftelse.

Mrs Lamb såg misstänksamt på honom. "Vad är det ni flinar åt?"

"Åh, ingenting", sökte han i sitt minne efter en bra ursäkt. "Jag funderar på några idéer för växelbruk och fick plötsligt ett ögonblick av klarhet."

"Blir ni upphetsad av skördar?"

Bra, hon gick på hans lögn. "Vanligtvis inte, men det här är bra. Ser ni, jag experimenterar med sjögräs som ett potentiellt gödsel- och ogräsbekämpningsmedel. Jag fick idén under en nyligen genomförd seglats där-"

Mrs Lamb höll handen för munnen för att kväva en gäspning.

Bra, han hade tråkat ut den äldre damen från hennes nyfikenhet. Nu kunde han återgå till att tänka på den förtjusande unga kvinnan som satt mittemot honom. Miss

Amelia Remington, snart Rosstrevor, Ardalyddes av Caernarfonshire. Han skulle göra henne till ensam ägare och förmånstagare. Han skulle inte namnges ... nej, vänta, han skulle namnges, som en person som uttryckligen var förbjuden att ärva, kontrollera eller på annat sätt ha något intresse i driften av nämnda stiftelse. Då skulle hon väl lita på honom?

Han kände sig lättare till sinnes och självsäker, och han visste vad nästa steg i detta personliga företag borde vara. Han skulle säkerställa en hemgift åt den där miss Waverley. Den stackars flickan hade inte mycket som talade för henne, och av allt att döma hade hennes familj inget hopp. Om han kunde hjälpa till att skaffa den unga kvinnan en make skulle det befria honom från henne, och Amelia skulle ha ännu ett lyckat parti för sin rörelse.

Att upprätta stiftelsen skulle inte bli lätt. För det första var han tvungen att hitta någon som visste hur de fungerade enligt lagen. Sedan var han tvungen att hitta någon som var villig att göra det så att en kvinna kunde upprätthålla en verksamhet som hon hade startat – och fortsatt att driva framgångsrikt – utan någon mans inblandning, vare sig i det förflutna, nuet eller framtiden.

Han visste att han skulle behöva läsa igenom det. En smärta ilade till i nacken bara vid tanken på det. Men han skulle göra det för Amelia.

Kvinnan som satt artigt mittemot, med ett milt uttryck – inte direkt uttråkat, men knappast upprymt heller – i ansiktet när hon blickade ut genom fönstret.

Det var då han stötte på ett mentalt gupp. Att låta upprätta stiftelsen skulle innebära att avslöja miss Remingtons identitet och hennes roll i nämnda företag för en tredje part utan hennes tillstånd.

Han kände henne inte särskilt väl, men han visste utifrån den intelligens hon visade och hennes läggning, att ett avslöjande av denna hemlighet skulle förstöra varje framtid han hoppades få dela med henne.

Han skulle behöva utveckla en bättre relation med miss Remington för att vinna hennes förtroende för konceptet med stiftelsen.

Vagnen stannade och de var framme. Inga fler grubblerier. Betjänten öppnade dörren och fällde ner trappstegen. Han steg ut först och hjälpte mrs Lamb och sedan miss Remington att stiga ur.

Hennes hand i hans fann ett naturligt fäste när hon klev ner. Mirakel och under! Hon besvarade hans leende och sa: "Jag uppskattar utflykten, tack ska ni ha."

"Det var så lite så", strålade han tillbaka. "Du förtjänar lite underhållning, istället för att alltid organisera saker för andra."

När de väl var inne visade han miss Remington till en sittplats. Avsikten var att sitta bredvid henne, men på ett ögonblick tog moster Lamb platsen bredvid. Han fick nöja sig med att sitta längre bort. Den där moster Lamb spelade sannerligen rollen som förkläde övertygande!

Den musikaliska soarén var underhållande. I hans öron var artisten mer alt än sopran. Han fann sig själv knacka med fingrarna mot låret i takt med musiken. Bra sång var ett gott liv.

Allt eftersom fler i publiken nickade uppskattande med huvudet uppmuntrade den avslappnade atmosfären och gesterna från sångerskan de närvarande att stämma in. Utan att behöva någon ytterligare inbjudan förenades Davids röst med artistens och fler personer stämde in.

Stämningen höjdes från artig till livlig, och före nästa sång blev det nödvändigt att flytta tillbaka stolarna mot väggarna så att folk fick plats att dansa.

Tänk, om hans skepp hade varit klart i tid, skulle han ha missat detta.

De församlade ställde upp sig i rader för att dansa en reel. David, som var en bättre sångare än dansare, ställde sig upp nära musikerna (på deras uppmaning) och förenade återigen sin röst med deras.

När han såg ut över gästerna fick han syn på miss Remington som stod vid sidan av och inte dansade. Hennes ansikte var vänt mot honom, med ett outgrundligt uttryck.

Men om hon inte dansade, varför sjöng hon inte åtminstone?

Vad var det för fel på henne?

Amelia Remington såg ljuset. Hur otroligt hänsynslöst av det ljuset att vara en serie ljus i huvudhöjd, som sken som en gyllene gloria bakom markisen av Carnations ansikte. Hon borde sluta kalla honom så; det gjorde honom alldeles för familjär. Som om de stod på vänskapligare fot än de gjorde.

Han var Ardalydd av Caernarfonshire, och hon gjorde bäst i att minnas hans ställning. Hon var bara miss Remington, dotter till en adelsdam, systerdotter till en gentlemans änka.

Ändå var hon här, på en offentlig tillställning, vederbörligen övervakad av nämnda moster, som just nu tackade ja till en dans från en annan gentleman med en tjock kalufs av lockigt, tizianrött hår.

Moster Lamb? Varför var hon ... det måste bara vara för att hon skulle verka artig mot mannen som bjöd upp till dans. Det måste vara anledningen till att hon anslöt sig till dansuppställningen.

Såvitt Amelia förstod hade hennes moster inte dansat sedan den säsong då hon träffat och gift sig med sin avlidne make.

Moster Lamb dansade med sin gentleman, med ett varmt och avslappnat leende på läpparna. Detta var inget fall av att "vara en man till lags tills det är över". Hennes axlar var sänkta, och hennes avslappnade leende nådde ända upp till ögonvrårna.

När sången de dansade till var över vände sig Amelia om för att se markisen buga artigt för sångerskan, och sedan såg han på henne igen.

Amelia svalde tungt.

Intensiteten i hans varma blick fastnade i hennes bröst, och hon var tvungen att sträcka sig efter en stol för att hålla sig stadig. Sedan lutade han huvudet mot taket, och hon följde hans blicklinje.

Mistel.

Det fanns inte på kartan att hon skulle gå i närheten av den delen av rummet.

Ändå, till hennes förvåning, styrde moster Lamb och hennes danspartner rakt mot den.

Tiden förlorade all mening när moster Lamb och hennes man rörde sig, steg för obevekligt steg, mot den där gröna, ogräsartade kyss-fällan som hängde över dem som ett Damoklessvärd.

De var rakt under den nu.

Moster Lamb knackade sin danspartner på axeln och tittade upp, vände sig sedan mot honom och fnittrade som en gröngöling under sin första säsong!

Moster Lamb!

Hennes partner gjorde en artig bugning, sträckte sig sedan upp och plockade ett bär från växten och lade det i moster Lambs pompadour. Sedan kysste han henne försiktigt rakt på munnen, inför alla!

Amelia flämtade till. Denna skandal kunde förstöra deras affärer!

Ändå ignorerades hennes flämtning av andra. Den dränktes av suckarna och applåderna från dansare nära moster Lamb och hennes älskare. Moster Lamb neg för honom, sedan rörde de sig bort från julogräset till ett förfriskningsbord.

Chockerna fortsatte att komma när fler par styrde sig mot misteln och skapade en anledning att kyssas offentligt. När varje par nådde grönskan tog gentlemannen ett bär från växten och gav det till sin danspartner. Hon antingen tog emot det och de kysstes, eller så lät hon honom kyssa hennes handskbeklädda hand.

En röst med en bekant brytning hördes bredvid henne. "Skulle du vilja ha en dans?"

"Jag ... jag har inte på mig de skor som krävs för att dansa. Jag trodde att detta var en musikalisk soaré", svarade Amelia.

Hennes andning spelade henne ett spratt i denna situation. Förbannade överreagerande kropp.

Han krusade läpparna i ett roat uttryck och sa: "Jag tror inte att detta evenemang har hållit sig till manus, nej. Alla satt stilla så länge, och musiken var så inbjudande, att det verkade vara det naturliga att göra."

Hur hade hon låtit sig övertalas att följa med idag? Just det, det hade helt och hållet varit markisens förslag att de skulle komma och lyssna, med sikte på att anlita musikerna för framtida partikvällar. Eller åtminstone få idéer för framtida evenemang.

Markisen blev kvar bredvid henne. "Om du inte misstycker att jag säger det, miss Remington, så hörde jag dig inte sjunga."

"Jag sjunger sällan", sa hon.

"Gör du inte? Men ... alla sjunger ju."

Nej, inte offentligt. "I England sjunger kvinnor i fina sällskap, när de kanske hoppas på att fånga en uppvaktande gentlemans öra och öga."

Han flinade och såg på henne från sidan under ögonfransarna. "Men du dansar väl, eller hur?"

"Ibland."

"Det är musik och dans runt omkring dig just nu, miss Remington. Skulle du vilja göra mig den stora äran? Jag vet att vi kom hit i affärer, men det betyder inte att vi inte också kan roa oss en smula?"

"Jag dansar med dig, så länge du håller mig långt borta från misteln. Och om vi råkar vara i närheten av den, kommer du att styra mig långt därifrån. Är det förstått?"

"Fullständigt", sa han och räckte fram sin hand.

Han ledde henne till det improviserade dansgolvet när orkestern började spela en reel. Amelia var tvungen att skratta åt hur elegant musikerna och sångerskan var klädda, medan reelen krävde en överdriven irländsk accent för att sjunga om en oanständig pojke som stal kyssar med en lättfärdig flicka bakom ett piano.

Den tjocka accenten dolde några av de mer oanständiga aspekterna av sången. Det förvånade Amelia att musikens ämne kunde spelas i ett sådant sällskap! Dansens tempo höll Amelias tankar på hennes nästa steg, och på att undvika armarna på närliggande dansare när de svängde in och ut ur formationen. Det var så energiskt att hon helt glömde var i rummet hon befann sig.

Markisen hade bättre sinnen än hon, och han lade märke till det i tid för att styra henne långt därifrån och fick det att se ut som om de helt enkelt bytte plats med andra dansare.

När dansen var över applåderade hon bandet och sångerskan, neg sedan för markisen. Han bugade för henne och antydde att de borde dricka lite te eller saft för att återhämta sig.

Vilken gentleman, som lyssnade på hennes farhågor och agerade därefter. Hon hade inte märkt hur nära hon hade varit den där fåniga lilla grönskan. Ändå hade han gjort det. Istället för att utnyttja henne hade han styrt henne bort.

Han hade lyssnat.

Han hade gjort som hon hade bett om.

Herregud, han skulle bli en underbar make åt någon en dag.

Det var synd att hon var så emot tanken på äktenskap för egen del, för han var den som kommit närmast att få henne att vilja ompröva sina djupt rotade övertygelser.

"Har du sett din moster på sistone?" frågade han medan han fyllde två koppar med te och räckte henne en.

Amelia tog emot tefatet med koppen balanserad på det och såg sig omkring i rummet. "Senast jag såg henne dansade hon med den där mannen med det lockiga, orangea håret."

"Mycket riktigt. Baronen av Abergavenny är svår att missa."

"Baronen av var?"

"Ett annat ställe i Wales, Abergavenny."

"Då är han långt hemifrån", sa Amelia.

"Det är han sannerligen. Om vi bara hade någon form av äktenskapsförmedling tillgänglig på vår sida av floden Wye, skulle vi inte fylla upp era hus här."

Amelia småskrattade åt hans fräckhet och smuttade på sitt te. Hon tyckte om att lyssna på honom när han pratade, men hans sångröst hade varit en uppenbarelse. Det skulle vara för mycket begärt att be honom sjunga för henne. Alldeles för intimt. Men ändå ville hon höra honom sjunga igen.

Snart.

David njöt av ljudet av Amelias skratt. Han var säker på att han skulle njuta av ljudet av hennes sång också, om hon någonsin sjöng för honom. En flicka som inte sjöng var som en fågel som inte flög.

Han var glad att han hade lyckats upptäcka misteln i tid. Han hade ingen tid över för vidskepelse och att tränga in folk i ett hörn för att kyssas. Om en flicka inte ville kyssa en, då behövde hon ingen anledning. Och han visste, från att ha iakttagit sin egen stora släkts beteende hemma, att om en flicka ville ha en kyss, skulle hon låta en veta det. Inget sådant krångel.

Det betydde inte att han inte tänkte på att kyssa miss

Amelia Remington varje minut av sina vakna timmar, och de flesta av sina sovande också.

Hennes änkmoster var dock en annan femma. Kanske hade hon, med ursäkten att hon var änka snarare än en rodnande debutant, rätt att kyssa vem hon än valde?

Moster Lamb och Abergavenny hade kysst varandra utan en tanke på världen, trots sin publik, och nu stod det klart för David att de två hade gått någonstans där de inte skulle ha en publik.

Abergavenny var en hygglig typ, såvitt David visste. Hans familj hade aldrig haft problem med dem, och hade aldrig orsakat några. Han var inte förtjust i hur de hade omvandlat de flesta av sina betesmarker till kolgruvor, men i slutändan var det Abergavennys val.

Det innebar också att kolgruvearbetarna som flyttade till området behövde äta, vilket skapade en möjlighet för David och andra som fortfarande hade tillräckligt med mark för att odla mat för att mätta dessa gruvarbetare.

Hans blick fastnade på miss Remington. "Jag menar inte att oroa dig alls, men var är din moster Lamb?"

"Jag är precis bakom dig", förkunnade hennes välbekanta röst.

Caernarfonshire och Amelia vände sig om samtidigt och såg moster Lamb hålla hand med baronen av Abergavenny.

Moster Lamb presenterade dem. "Min herre Caernarfonshire, detta är baronen av Abergavenny, och detta är min systerdotter, miss Remington."

Baronen skakade Davids hand, bugade sedan artigt över Amelias och sa: "Caernarfonshire, miss Remington, det är mig en glädje att få göra er bekantskap. Miss Remington, det är min enastående ära som mrs Lambs närmaste släkting att be om ert tillstånd för oss att gifta oss."

David svalde nästan tungan av chock. Baronen låg sannerligen inte på latsidan.

Begäran sände en stöt av förvåning genom Amelia. "Mitt tillstånd?"

"Ja." Baronen strålade. Mannen såg så fylld av beundran för hennes moster, hur skulle hon kunna vägra?

Allt gick så fort.

Baronen tog hennes tvekan som en chans att förklara sig ytterligare. "Jag har bett om hennes hand, och hon har accepterat. Eftersom hennes familj inte längre är med oss, faller privilegiet att ge tillstånd på er."

Hon borde säga något snabbt, det här var så fruktansvärt pinsamt. "Min herre, ah, min moster är en underbar kvinna, och som min äldre och en änka sedan länge ur sorg, är hon fullt kapabel att fatta sina egna beslut." Amelia förbluffade sig själv med hur välartikulerad hon lät genom sin genljudande chock.

Allt detta var så plötsligt!

Hade moster Lamb vetat att Abergavenny skulle vara

här? Det skulle kunna förklara varför de tillbringade så mycket tid med att dansa, och varför hon så lätt hade tackat ja till markisens inbjudan att komma.

De tittade fortfarande på henne och väntade på hennes godkännande. "Ni behöver inte mitt tillstånd, men ni har det ändå."

Hon kunde knappast vägra.

"Tack, min kära", sa moster Lamb och omfamnade sin systerdotter i en hård kram. "George och jag var bekanta för många år sedan, och vi är förtjusta över att ha funnit varandra igen."

Av farten att döma hade de varit mycket mer än bekanta, men Amelia lät den tanken passera när hon tog in lyckan i sin mosters ansikte, och i baronens.

Herregud, hennes moster skulle bli baronessa!

Vilket fantastiskt parti. Hur utmärkt detta skulle vara för deras äktenskapsförmedling.

Och sedan, när de gratulerade varandra och delade fler kramar och Amelia gav baronen en kyss på kinden för att välkomna honom in i familjen, gick han och förstörde allt med sitt nästa uttalande.

"Er moster har berättat för mig om den rörelse hon har drivit, och hur ledsen hon kommer att vara att ge upp den för att bli baronessa av Abergavenny. Vi välkomnar er till vårt hem, ni skulle vara mycket välkommen att komma och bo hos oss, särskilt om min nya hustru får barn."

En maktlös förvirring fyllde Amelia. Trodde baronen

ärligt talat att han sa rätt sak? Den nedlåtande dumbommen.

Det var hon som drev hela företaget! Moster Lamb var bara ansiktet utåt. Och nu skulle hon ge sig av för att gifta sig med sin älskling, och möjligen få hans arvingar, och de erbjöd henne ... välgörenhet?

Amelia log så artigt hon kunde. "Detta är allt sådana underbara och fantastiska nyheter. Jag skulle omöjligen kunna komma och bo hos er genast, eftersom ni har så många år att ta igen. Jag kommer att klara mig alldeles utmärkt här."

"Ni är alldeles för artig", sa han. "Jag insisterar på att ni kommer och bor hos oss. Jag är så lyckligt lottad som har funnit mitt förlorade lamm; jag måste utsträcka min gästfrihet till er."

Hur skulle hon ta sig ur den här röran?

Hon behövde tala med baronen och förklara den sanna naturen av deras företag. När han väl förstod skulle allt bli bra.

Så länge hon kunde lita på honom.

Hennes chanser att få hans odelade uppmärksamhet, när han bara hade ögon för moster Lamb, var små. Huvudet snurrade i takt med pulsen när baronen nämnde hur han skulle skaffa en särskild licens så att "mitt lamm och jag kan gifta oss så snart som möjligt."

Så snart de anlände till Abergavenny, uppenbarligen. Tre dagar med vagn, om vädret var gynnsamt.

KAPITEL SEX

De följande dagarna var ett virrvarr av förberedelser och packning inför flytten. Baronen talade om att sälja faster Lambs hem i London för att slå samman deras egendomar.

Varje dag närmare avresan var en dag närmare att förlora sin framtid. Innan dess hade Amelias värsta farhåga varit att hon skulle bli tvungen att gifta sig och förlora allt. Därför hade hon ståndaktigt vägrat att göra det. Hon hade inte räknat med att hennes faster skulle gifta om sig och fatta beslutet att lägga ner verksamheten åt henne.

Hon fann George i hallen, där han dirigerade personal som bar kistor i förväg till hans egendom i Abergavenny.

"Ers Nåd, får jag be om ett ord med er?"

"Min kära miss Remington, ni får alltid tala fritt med mig. Men vi blir tvungna att föra samtalet här medan jag anvisar vilken vagn varje kista ska till."

"Tack", sa hon, uppriktigt tacksam men också mycket

rädd. "Skulle det vara så illa om jag stannade kvar här i London?"

Han bleknade.

"Bara ett litet tag till, för att, öh ... få tid att ta farväl av mina vänner."

"Åh herregud, nej, ni får bjuda in så många vänner ni vill att hälsa på i Abergavenny. Mitt hem ska bli ert. Men att ni skulle stanna kvar här? Det skulle jag inte med gott samvete kunna tillåta. En kvinna utan förkläde, som bor ensam? Det går helt enkelt inte för sig."

"Jag har ju personal –"

"– Snälla miss Remington, allt kommer att bli bra. Jag kan förstå er nervositet inför flytten, men ni kommer att älska Wales, och Abergavenny i synnerhet. Det är Guds eget land."

Amelia tvingade fram ett leende och visste att hon hade förlorat. Allt hon hade misstänkt om äktenskapet höll på att besannas. I samma ögonblick en kvinna gifte sig, kontrollerade hennes make allt!

Hon tackade baronen och drog sig tillbaka till sitt skrivbord, där hon granskade den omfångsrika korrespondensen. Baronen hade inte godkänt att hon skötte "karlgöra", men hon hade lämnat honom i hallen för att dirigera personalen, så han skulle inte störa henne.

Senare skulle de klä sig varmt mot det vidriga vädret och ta en promenad, eller kanske en tur med vagn genom parken med några filtar, så att de kunde ta emot gratulationer från alla de mötte på vägen.

Korrespondensen var full av gratulationer till faster Lambs bländande framgång, med hennes förlovning med en baron. Dessvärre innehöll varje gratulationsbrev också kondoleanser för det oundvikliga slutet på verksamheten.

Värre än så, några frågade om deras återstående värdebevis kunde överföras till en annan verksamhet. Några bad till och med om full återbetalning.

Att rymma till Abergavenny kanske trots allt hade sina fördelar, om deras klienter var på jakt efter dem för att få tillbaka sina pengar.

Amelia svarade var och en, tackade dem för deras lyckönskningar och skrev inget mer. Hon hade ingen aning om hur hennes verksamhet skulle fortsätta, men det såg inte ljust ut. Särskilt som hon inte hade kunnat diskutera saken med baronen i någon större detalj. Visste han ens att faster Lamb bara var verksamhetens ansikte utåt, och att det hela tiden hade varit Amelias idé – och slit?

Amelia suckade och avslutade sin korrespondens. Deras nästa, och möjligen sista, soaré skulle äga rum om två kvällar. Ännu en prövning för Amelias nerver.

En idé uppstod plötsligt för att förklara för baronen varför det så plötsligt dök upp giftasvuxna män och kvinnor i huset. Amelia och faster Lamb skulle låtsas att de som kom var där för att gratulera det lyckliga paret till deras förbindelse. Amelia skulle göra om tillställningen till en supé till baronen och faster Lambs ära. Hon skulle fortsätta med äktenskapsmäklandet medan baronen och faster Lamb var distraherade av alla människor som önskade dem lycka till.

Herregud, det hela lät så genomförbart att Amelia undrade varför hon inte hade tänkt på det tidigare. Kanske var det känslorna som stormade inom henne, ovissheten om vad hennes nya liv innebar. Metaforiska stormar hade berövat henne förmågan att tänka klart.

Ett leende spred sig över hennes ansikte när hon visste exakt vad hon skulle lägga till i alla de brev hon hade svarat på. Tack och lov att hon inte hade förseglat dem.

Längst ner på varje brev skrev hon: "Var vänlig och kom klockan 16:00 på tisdag eftermiddag för att gratulera det förlovade paret."

Inte ett ord om huruvida detta skulle bli deras sista tillställning, och det fanns ändå inte plats på pappret.

Nöjd med att hon skulle kunna förklara allt (och stilla deras hunger efter återbetalningar, som de inte skulle få) tog Amelia ett nytt pappersark, samlade allt sitt mod och skrev de ord hon aldrig trodde att hon skulle författa.

Ärade markis av Caernarfonshire,

Jag accepterar ert frieri.

Var vänlig och besök mig i mitt hem för att erhålla tillstånd från vårt hushålls nya överhuvud, baronen av Abergavenny.

Högaktningsfullt, Amelia Remington.

Det krävdes flera andetag innan hon förmådde sig att

vika ihop brevet, adressera och försegla det, sedan lade hon det överst på högen och gav hela bunten till betjänten.

När han hade lämnat huset var Amelia ensam – så ensam som någon kunde vara med en butler och en kokerska och annan personal i huset. Men hon var så ensam som hon hade varit sedan ... sedan hon någonsin kunde minnas. Hon hade kommit för att bo hos faster Lamb långt innan hennes mor hade dött.

Där hon satt vid brasan den eftermiddagen ville Amelias broderi inte samarbeta. Tråden snodde sig under bågen och trasslade ihop sig i knutar. Det gled ur hennes hand och när hon plockade upp det såg båda sidor så lika röriga ut att hon inte var säker på vilken som skulle vara vänd uppåt.

Hon släppte ner det i sin sykorg och sjönk ner vid pianofortet. Hon hade sitt anteckningsblock där hon hade skrivit av några melodier och satte sig för att spela. Hennes fingrar var kalla och klumpiga till en början, men så länge hon inte tänkte för mycket blev de varma och fann till slut de rätta tangenterna. Melodin gladde hennes öra.

Snart sjöng hon melodin, en lekfull visa om en flicka som får en blombukett av en stilig beundrare. Ju mer hon spelade, desto mer sjöng hon, tills en annan, mjuk barytonröst stämde in.

Hon såg upp och slog an tangenterna med ett gällt ackord av chock.

Markisen av Caernarfonshire stod där och höll i en bukett med växthusblommor.

"Så ni sjunger trots allt!" Han log brett, steg närmare henne och sträckte fram blommorna. "Sluta inte för min skull, ni spelar vackert, och er sång är storslagen."

"Jag hörde inte att ni kom in, Ers Nåd!"

"Butlern släppte in mig, och jag följde ljudet. Ni har en förtjusande röst."

Herregud, hon hade glömt sitt goda uppförande. Hon reste sig från instrumentet, gick mot honom och neg snabbt, och tog sedan emot blommorna. "Jag ska hämta pi-"

Hon hade tänkt säga "pigan", men pigan hade dykt upp i dörröppningen för att ta blommorna och sätta dem i en vas.

Markisen harklade sig och sa: "Jag mottog ert brev. Er sinnesändring har sannerligen glatt mitt hjärta."

Hon var tvungen att komma ihåg att andas. "Jag har verkligen ändrat mig."

Han sträckte sig efter hennes hand och hon gav honom den, sedan ledde han dem till schäslongen för att sitta där, inte helt tätt ihop, men inom räckhåll.

"Vågar jag fråga vad som föranledde den?"

Hon såg in i hans vackra ögon och kläckte ur sig: "Jag har inga andra utvägar."

KAPITEL SJU

Hade David fått en iskall trasa i ansiktet hade hennes ord inte kunnat kyla ner honom mer. Det var knappast den kärleksförklaring han hade hoppats på. Å andra sidan hade han klantat till deras första möte så illa att han knappast kunde förvänta sig att hon skulle vekna så snabbt.

Men hon kunde väl ändå ha sagt att hon hade börjat fatta någon slags tycke för honom?

"Jag måste be om ursäkt", sa hon, som om hon plötsligt blev medveten om hur brutala hennes ord hade varit. "Det var inte vad jag menade att säga."

"Men det kanske är sanningen? Vad är det som har fått dig att ändra dig så?" Om de skulle gifta sig borde han verkligen veta varför. Han var säker på att det skulle leda till ett bättre resultat för dem båda om de var ärliga med sina skäl för denna allians. När tanken växte i hans medvetande förstod han att även han borde vara ärlig mot henne om varför han hade fattat ett så snabbt tycke.

Hon svalde och sa: "Du är en charmerande man, och jag kan konversera tämligen lätt med dig."

Han andades igen; det var ett gott tecken. Han var inte säker på hur mycket mer av detta hans hjärta skulle klara av. "Det är bra att veta. Jag vill gärna ha en hustru som kan föra ett samtal med mig. Jag gillar att prata."

Han försökte skämta bort det hela, men hon verkade inte särskilt glad. Sättet hennes mungipor pekade nedåt på. Sättet ljuset saknades i hennes ögon. Hennes hand var fortfarande i hans, så han gnuggade försiktigt hennes knogar med sin tumme och uppmuntrade henne att öppna sitt hjärta.

Samtidigt snördes hans eget hjärta samman. Detta var inte det möte mellan själar han hade förväntat sig på sin resa till England. Han ville återvända med en hustru, inte en fånge.

Hon svalde igen och hennes röst kom ut, tunn som ett vasstrå. "Som du bevittnade häromdagen har baronen och faster Lamb fattat tycke för varandra. Eller, mer exakt, de har återupplivat en gammal *tendre*. De ska resa till Abergavenny om några dagar. Men eftersom han kommer att bli hushållets överhuvud måste jag följa med dem. Det innebär att jag även måste lämna verksamheten."

Inga andra utvägar, minsann! "Jag antar att du inte riktigt vill åka, eller hur?"

Hon pressade ihop läpparna och fuktade dem sedan.

Hennes rosa tungas rörelse över läpparna sände en stöt av lust genom hans kropp.

"Ni har läst mig som en öppen bok, ers nåd", förklarade hon. "Jag vill inte lämna London, jag vill inte ge upp min självständighet eller verksamheten. Det var ... det är ... något som jag är mycket skicklig på. Vi har redan åstadkommit tre goda partier den här säsongen, och jag vet av alla visitkort som byttes efter vår senaste soaré att det kommer att bli fler under det nya året. Det har vuxit till att bli en riktig framgång."

"Baronen vet inte om det, eller hur?"

Amelia sjönk ihop. "Han vet lite, men han vet inte allt. Han har uppmuntrat faster Lamb att sluta, och hon ser ingen anledning att fortsätta nu när hon har funnit sin kärlek. Jag vill inte komma emellan deras känslor. Om min faster har återupplivat en gammal flamma, bör hon vara fri att göra det."

Han behövde säga något för att visa att han lyssnade, trots att hans hjärta slog alldeles för fort. "En riktig knipa, inte sant?"

Piska honom för att han var en idiot, det var en dyster sak att säga med tanke på omständigheterna!

"Det har alltid varit mitt projekt, och faster Lamb spelade sin roll. Jag tror att hon njöt av det, och det utnyttjade hennes änkestånd och position ... Jag vet att om jag fick sköta mig själv skulle jag kunna fortsätta. Men utan faster Lamb här med mig förlorar vi vårt ansikte utåt. Ingen skulle lita på att en ogift kvinna driver en sådan verksamhet."

Det var en fruktansvärd knipa. "Uppfattningen är allt, är det inte så?"

"Just så."

"Och dina enda två alternativ är alltså att följa med din faster och baronen, eller att chansa på att gifta dig med mig?" Att säga det högt gjorde det inte mindre brutalt.

Hon duttade en näsduk mot sin näsa och sa: "Om ni vill ha mig."

Inte det rungande bifall han hade eftersträvat. Men det var en utgångspunkt. Kanske mer än en start? "Tänk om det fanns ett sätt att hålla verksamheten igång?"

Hon duttade i ansiktet och såg på honom. "Menar du att jag skulle sälja företaget?"

"Nej, du skulle behålla det och fortfarande driva det. För att det ger dig glädje, och du är bra på det."

Hon drog sig tillbaka och verkade förvirrad. "Är du så säker på att jag skulle kunna fortsätta med det, som en ogift kvinna i societeten?"

Inte riktigt. "Snälla, missförstå mig inte. Vi skulle fortfarande gifta oss, men jag skulle lägga allt i ett juridiskt förvaltaravtal, så att du får behålla allt och ha full kontroll. Jag skulle juridiskt sett inte ha något intresse i eller anspråk på det alls."

"Jag antar att det inte finns något sätt för mig att fortsätta med kvällssoaréerna utan att behöva gifta mig med dig?"

Aj, vilket dråpslag mot hans ego. "Tja", han tog ett andetag för att komma över det känslomässiga avvisandet, "ditt äktenskap med mig skulle innebära att du skulle få högre rang än baronen, och med ett så framgångsrikt äktenskap... skulle det betyda att du blir en societetsmatrona. Det skulle till och med kunna ge dig en bättre position, och även göra reklam för din verksamhets otroliga framgång."

Vid det brast hon i gråt och föll med ansiktet före ner i kuddarna.

Inte det resultat han hade hoppats på. "Är det verkligen en så hemsk tanke?"

"Nej", snyftade hon. "Det är helt fantastiskt", sa hon och snöt sig ljudligt. "Varför är du så snäll mot mig?"

"För att jag vill ha en lycklig hustru!" Var det inte uppenbart? "Om du är olycklig, skulle jag också bli olycklig. Varför skulle vi båda vara olyckliga? Det tänker jag inte gå med på."

Det tog ett tag för hans ord – och deras sanna innebörd – att tränga igenom hennes sinnesstämning. Han ville ha en lycklig hustru?

Under alla sina månader av äktenskapsmäkleri, under all den tid hon hade tittat igenom folks krav och önskvärda egenskaper, hur ofta hade folk nämnt ett krav på att den andra personen skulle vara lycklig?

Det smärtade henne att inse att vissa hade nämnt hur

lyckliga *de* skulle bli av att hitta en make eller maka, men det var något helt annat.

"Det är", hon kämpade för att hitta orden, "ett ovanligt förslag. Att du vill att jag ska vara lycklig."

"Har jag fått ett andra huvud?" frågade han och blinkade några gånger vid tanken. Sedan kände han på sin nacke, på vänster och höger sida, för att göra en show av sitt sökande. "Jag skulle ha trott att varje man vill ha en lycklig hustru, precis som varje kvinna vill ha en lycklig make?"

Amelia andades genom överraskningen. Det var sant att han hade klumpat till sitt första intryck. Han hade inte verkat det minsta kräsen med vem han gifte sig med. Men nu erkände han att han värdesatte hennes lycka för att säkerställa sin egen. "Det är inte något någon herre har kungjort när han listat egenskaperna hos en framtida hustru."

Han rynkade pannan. "Menar du att ingen under all denna tid då du arrangerat äktenskap har nämnt den andres humör?"

En stor suck. "Inte direkt. De ... jag antar att jag avslöjar alla mina affärshemligheter nu, men herrarna vill bara ha en viss ... disposition. De tenderar att be om en tystlåten, bildad ung kvinna som blir en god mor och en foglig hustru. De talar förstås om hur detta kommer att bidra till deras egen lycka."

"Och vad vill damerna ha?"

Ah ja, damerna. "Om de är riktigt ärliga är de ute efter en titel, om det alls är möjligt. I annat fall någon som senare kan ärva en titel, eller en förmögen herre, för att säkerställa ett bekvämt liv."

"Och de bryr sig inte om hans disposition?"

"Det gör de", rättade Amelia. "Ingen vill ha en råbarkad man, men det är väldigt svårt att veta om det är vad de kommer att bli när de väl är gifta. Jag har hört att det kan hända om hustrun inte anpassar sig lätt till sin nya plats i världen."

Han skakade på huvudet. "Du menar att männen spelar teater för att säkra en hustru, och när de väl är gifta faller ridån och deras sanna natur är fri igen."

Amelia tog ett djupt andetag. "Jag hoppas verkligen att det aldrig är fallet. Jag håller korrespondens med mina kunder och ingen har antytt några plötsliga förändringar i uppförande. Det är jag åtminstone mycket tacksam för. Jag tror att faster Lamb har varit otroligt omdömesgill i det avseendet och nosat upp skurkarna i förväg."

Han gav ifrån sig ett lågt skrockande. "Det är mig du pratar med, jag vet att faster Lamb är paradhästen, men du är den sanna arbetshästen som får saker gjorda."

"Att bli jämförd med ett riddjur är inte det smicker du tror att det är!" För en stund sedan hade han nämnt att hennes lycka var av yttersta vikt, nu jämförde han henne med boskap? Hade mannen inget hyfs?

"Det beror på att jag inte försökte smickra dig. Jag gjorde en träffande jämförelse för att uppmärksamma hur hårt du arbetar. På sätt och vis arbetar du hårt för att se till att alla andra är lyckliga och tänker inte på dina egna behov."

"En utmärkt räddning", sa hon med en bister ton.

"Åh, jag tycker att du är en arbetshäst, och du får jobbet gjort, och du är osedd av alla andra som får njuta av frukterna av ditt arbete. Om du nu är ute efter smicker, kan jag berätta för dig att jag inte strör det omkring mig i onödan. Det gläder mig dock att se dig le. Det är som ett ljus i mörkret, sättet det lyser upp hela ditt ansikte på. Det är gott att se dig stråla."

Värme spred sig genom henne vid hans ord. Han verkade vara den typen av person som gjorde som han sa – han var inte den som gav komplimanger lättvindigt, men hon kände att hon hade förtjänat denna sällsynta pärla från honom. Det gjorde den desto mer värdefull. Något i den värmen gnistrade inom henne vid tanken på att tjäna fler komplimanger från honom.

Herregud, vad gjorde han med henne?

Hon hade slutat gråta ordentligt nu och behövde inte längre sin näsduk. "Jag måste erkänna att det gläder mig att någon har lagt märke till hur mycket arbete jag har lagt ner på den här verksamheten. Faster Lamb har njutit av sin upphöjda position, men bortsett från det förstår hon inte riktigt vad jag gör. Jag tror inte att någon gör det, egentligen."

"Är det därför det gör så ont att hon har accepterat Abergavenny och förväntar sig att du ska följa med?"

Amelia nickade. Hur kunde han se henne så klart? "Hennes kommande bröllop med baronen är samtalsämnet i societeten. Det finns några som tror att hon dolde hans närvaro för att få behålla honom för sig själv, men i slutändan var det hans val att fria. I vilken annan situation som helst, om det hade funnits en man vid rodret för den här verksamheten, skulle det ses som ett bevis på att vi var de bästa äktenskapsmäklarna i societeten. Ack, framgången har kommit till priset av att behöva avsluta verksamheten. Hon har inget intresse av att stanna i London, och ännu mindre att hålla skenet uppe."

Han var tyst en stund, medan han grubblade och tuggade på sin överläpp, som om han tuggade på något osynligt. Efter en stund sa han: "En ogift kvinna anses inte vara en lämplig och passande person att driva en sådan äktenskapsförmedling. Societeten skulle vara mer mottaglig för ... jag griper efter halmstrån här för att vara ärlig ... en markis som verksamhetens ansikte utåt?"

Amelia var inte den som svimmade, men hon kände sig benägen att digna. "Skulle du göra det för mig?"

"Det skulle jag, om du gifter dig med mig."

Mållös igen, Amelia buktade ur sig: "Allt detta är så plötsligt."

"Nej, det är det inte. Det är ungefär femte gången jag frågar dig, du borde väl ha vant dig vid det här laget?"

Där fick han henne.

"Det finns en hel del saker jag är orolig för", erkände Amelia. "Inte verksamheten, som jag tror vi skulle kunna driva tillsammans mycket bra, om du var dess offentliga ansikte. Men äktenskapet ... det skrämmer mig. Jag måste vara ärlig och jag kan inte vara lycklig förrän jag har talat ut. Jag vill inte dö i barnsäng, vilket verkar hända med oroväckande regelbundenhet."

Färgen försvann från hans ansikte.

Amelia fortsatte envist: "Jag vet att mödrar ofta måste begrava sina barn som inte överlever, vilket gravstenarna på kyrkogården vittnar om. Och även ... ah ... tanken på vad som kan behöva göras för att få dessa barn förvirrar och skrämmer mig, för jag kan bara gå efter vad faster Lamb säger mig, att det är något man måste uthärda. Fast å andra sidan är faster Lamb betuttad i baronen, så kanske hon är redo för lite uthärdande trots allt?"

Amelia tystnade slutligen, men hennes hjärtslag och andning rusade vidare.

Markisen sa: "Jag kan bara säga att jag kommer att finnas där för dig. Jag hoppas att jag inte dör i barnsäng själv."

"Du? Hur skulle du kunna dö?"

"Jag svimmar och slår i huvudet och lämnar dig som änka med ett skrikande spädbarn."

Skrattet bröt fram. "Jag är fånig, eller hur?"

"Nejdå, du är ärlig och det gillar jag. Jag är också lite rädd. Jag hoppas att inget av det där händer. Vi vet inte vad Vår Herre har i beredskap för oss. Det är därför vi måste ta våra chanser när vi kan. Och vara så lyckliga vi kan under den tid vi har."

Han var så lugnande och resonabel om allt. "Det finns

en annan komplikation. Det här huset är faster Lambs och det kommer snart att tillhöra baronen. Hur ska jag kunna hålla soaréerna utan en bostad?"

Han nickade och tänkte ett ögonblick, sedan sa han: "Jag skulle kunna köpa det av honom, skulle det fungera?"

"Det är ... otroligt generöst av dig." Det skulle till och med kunna leda till en äkta svimning om hon inte var försiktig. "Skulle du göra det för mig? En kvinna du knappt känner. Det är en enorm finansiell risk att göra det, med vetskapen om att du inte skulle ha något bestämmande inflytande efter att förvaltaravtalet är upprättat."

"Mitt intresse ligger i att ha en lycklig hustru, som, av vad jag redan har intygat, är otroligt klok. Det skulle vara en större risk att ta dig bort från allt detta och släpa iväg dig till Caernarfonshire, där du förmodligen skulle vara olycklig över att behöva ge upp din framgångsrika verksamhet."

Hon började verkligen tycka om honom ganska mycket. Men något gnagde fortfarande. "Vid någon tidpunkt skulle du vilja att jag var i Caernarfonshire, med dig, som din markisinna. Korrekt?"

"Ja. Jag tänkte att det vore bäst om vi bodde i London under säsongen, och sedan reste till Wales över sommaren. Klimatet kommer att vara mycket behagligare. Ska jag förstå det som att det inte är så mycket äktenskapsmäkleri på sommaren, åtminstone inte i London?"

"Det ... är sant. De flesta societetsfamiljer åker till sina lantegendomar, och parlamentet har uppehåll." Herregud, han hade tänkt på allt.

Han log, som om något gladde honom. "På sommaren anordnar societetsdamer bjudningar på sina lantegendomar, gör de inte? Skulle du kunna fortsätta med samma sorts verksamhet i Wales? Vi har dussintals lämpliga damer och herrar som behöver introduceras och få en vägledande hand för att göra goda partier."

"Betyder det att du skulle stanna här i London, med mig, under resten av vintern?"

"Tja, ja, men bara som äkta makar. Det skulle vara en enorm skandal om jag bodde här och du var ogift och utan förkläde, med en stilig markis under samma tak."

Amelia brast ut i skratt.

"Betyder det att du vill gifta dig med mig?"

Var det sjätte gången han frågade?

En illmarig tanke kittlade Amelias sinne. "Jag antar att jag måste det då, men bara för att förhindra en fruktansvärd skandal som skulle förstöra min verksamhet."

"Kommer du någonsin att smickra mig, bara för att få mig att må bättre?" frågade han, tog hennes hand i sin och kysste hennes handflata.

Gnistror sköt genom hennes kropp, och hon retades lite mer. "Jag kommer att smickra dig när det är sanningen", sa hon.

"Får jag kyssa dig?"

Hon hade gått med på att gifta sig med honom. Det var logiskt att få kyssandet gjort och överstökat. De andra delarna av äktenskapet skulle hanteras i sinom tid. Men han hade lovat att hon skulle få fortsätta driva sina soaréer och fortsätta bo i faster Lambs hus åtminstone den här säsongen. Hon kunde uthärda en kyss för det. "Ja, det får du."

Han log ett snett, lyckligt leende, lutade sig sedan in och snuddade fjäderlätt vid hennes läppar med sina egna. Det var så snabbt och eteriskt att hon kunde ha inbillat sig det. Det var inte alls skrämmande eller krävande, i själva verket var det –

Han kysste henne igen, fastare den här gången, och något vände sig bakom hennes revben. Hon drog sig tillbaka. "Jag är ledsen."

Han blinkade. "Vad är du ledsen för?"

"Något är fel med mig. Mitt hjärta krampade just eller något. Jag håller kanske på att bli sjuk."

"Åh nej", han studerade hennes ansikte, och kysste henne sedan igen.

Hennes hjärta gjorde den där volten igen. Hon drog sig tillbaka. "Är jag plötsligt sjuk? Detta är högst ovanligt."

"Jag tror att jag känner igen orsaken, för mitt blod bultar också", erkände han. "När du kysser mig, hamrar min puls i öronen."

"Är detta ... normalt?"

"Tydligen", sa han. "Men vi blir tvungna att fortsätta kyssas, bara för att vara säkra."

Den här gången lutade hon sig framåt och pressade sina läppar mot hans. Något tungt vibrerade i hennes kropp. Hon lade sina händer mjukt på vardera sidan om hans ansikte och höll honom närmare. Det var det mest ljuvligt farliga hon någonsin hade upplevt, och hon ville ha mer. Han visade inga tecken på att dra sig undan, så hon fortsatte att kyssas. Hennes mun öppnades i ett andetag och han gjorde detsamma, dignande och suckande när han öppnade sina läppar för henne.

Det var gudomligt!

Med allt snabbare andetag drog sig Amelia till slut undan och vilade sin panna mot hans. "Är det så här det är att vara gift? Jag börjar förstå tjusningen nu."

"Tydligen finns det mer", sa han.

Hon drog sig tillbaka. "Mer?"

"Så har jag hört, även om jag ännu inte har upplevt det. Jag är säker på att vi kommer att klara det, på något sätt."

"Med risk för att smickra dig alldeles för tidigt i vår relation, dina kyssar har fått mitt huvud att snurra."

Han log varmt, med en aning illmarighet. "Jag har få kyssar att jämföra med våra, men dina har fått mig att tappa hakan."

Amelia täckte sin mun för att inte skratta för högt.

"Ah, se där, jag fick dig att skratta och njuta av en god kyss. Det är väl ändå en god egenskap hos en framtida make?"

Fortfarande leende, men med återvunnen jämvikt, lade Amelia huvudet på sned. "Jag känner att det åligger mig att varna dig, jag kan komma att bli en fruktansvärd hustru."

"På vilka sätt?"

Flertal? Åh, han var bra!

"På så många sätt." Hon bockade av inbillade dåliga

egenskaper på fingrarna. "Jag är egensinnig och vill få som jag vill alldeles för mycket. Jag uppskattar mitt eget sällskap. Jag gillar att organisera saker själv, och inte bli organiserad av andra. Och ... värst av allt, jag gillar att tjäna pengar, helt på egen hand."

Han flinade som en varg. "Det där är alla utmärkta egenskaper."

"Hos en man kanske, men tycker du inte att det är onaturligt?"

"Vad är onaturligt med att vilja försörja sig? Och såvitt jag kan se har du gjort just det, och knappt någon har märkt det under all denna tid."

"Förutom du."

"Tja, jag lägger märke till saker, ser du. Jag lägger märke till att societeten lägger stor vikt vid att folk har pengar, men de gillar inte att veta hur man faktiskt tjänar dem. Du har funnit den perfekta lösningen. Jag skulle knappt behöva försörja dig alls. Jag får en hustru som är klok och förstår människor, som är uppfinningsrik och bra med siffror. Med tiden hoppas jag att vi båda får barn av det. Vem vet, vi kanske till och med gillar några av dem!"

Skrattet bröt fram fritt. "Håll upp!" Amelia gav upp försöken att sluta skrocka. Herregud, hon skulle gifta sig! "Finns det något du tycker att jag borde veta, innan det är för sent att ändra oss?"

"Jag skulle vilja att våra barn talar walesiska och engelska, om det går bra för dig."

Amelia nickade. Det verkade vara ett milt önskemål, och något som kunde vara användbart.

Han tillade: "Vi bör bo i London under säsongen, och flytta till min egendom under resten av året."

Hon älskade sättet han sa det på.

Han hade en hel lista. "Jag skulle vilja ha dina råd i olika ärenden, när de uppstår. Du har ett skarpt sinne, jag vill dra nytta av det."

Det fick henne att stanna upp. "Vilken sorts ärenden?"

"Växtföljd, godsförvaltning, djurhållning. Vi odlar mest vete och korn, men jag vet att om du bestämmer dig för det, skulle du kunna hitta ett sätt att göra det mer lukrativt."

En fnysning bildades, men Amelia höll den tillbaka. "Jag är inte säker på hur mycket hjälp jag kan vara, men jag ska göra mitt bästa för att förstå situationen, när säsongen är över."

"En sak till. Jag skulle vilja ha din hjälp med att läsa."

Hon blev förstummad för ett ögonblick och kunde bara blinka.

"Till min stora skam är jag inte särskilt bra på det. Jag får huvudvärk när jag försöker, så jag försöker att inte göra det, så mycket som möjligt." Han såg på henne, hans handflator vändes uppåt i nederlag, i väntan på hennes klander.

Insikten träffade Amelia. "Det var därför du friade till mig så snabbt!" Allt föll på plats nu. När han hade kommit in – det var inte det att han inte respekterade deras korrekta affärstider, det var att han inte hade läst dem. Han hade friat till henne omedelbart eftersom han kunde se på pappersarbetet i hennes händer att hon kunde läsa.

"Det är jag som måste be dig om ursäkt", sa Amelia. "Varför skaffar vi inte ett par glasögon till dig och ser om de gör någon skillnad? Faster Lamb skriver knappt längre, hon dikterar för mig eftersom hon säger att hennes leder stelnar, särskilt på vintern. Hon använder en lornjett för att läsa tidningarna."

"De är så tillgjorda, jag provade en men den fick mig att se ut som en stoltserande påfågel." Han fnös. "Jag trodde att du skulle förlöjliga mig."

"Varför skulle jag göra det? Det är ingen skam i att behöva glasögon. Jag kommer säkert att behöva egna inom kort."

"Och hindrar glasögon bokstäverna från att byta plats?"

"Vad?"

"Bokstäverna byter ibland plats, så jag slutar med att ... öra ihop mina rord."

Amelia pressade ihop läpparna för att inte skratta. "Jag ska bevara din diskretion, och hjälpa till närhelst du behöver."

Han drog en suck av lättnad, som om just den frågan hade gnagt på honom som en mus på en ostbit.

KAPITEL ÅTTA

Avskeds- och förlovningsfesten för faster Lamb och baron Abergavenny höll på att bli en riktig trängsel. Det var visserligen bara några dagar före jul och vinden hade kunnat blåsa fjädrarna av en tornuggla, men gästerna ignorerade allt detta för att komma till eftermiddagssoarén. Det var som om själva väggarna bågnade utåt när folk strömmade från rum till rum. I vissa rum stod stolar uppradade längs väggarna och mattorna hade tidigare rullats ihop för att ge plats för dans. Andra rum var av det mysigare slaget, där brasan höll rummet väl upplyst med ljus och värme, och ljusen i lyktorna längs väggarna kastade fladdrande skuggor.

De hade aldrig haft en sådan fantastisk uppslutning. Ja, anledningen var att folk ville önska det nyförlovade paret lycka till med deras nya liv tillsammans, men för Amelia var det fortfarande arbete. I tankarna bockade hon av varje ankomst mot registret och delade ut danskort och pennor, samt pennor för herrarna att på baksidan skriva namnen på de debutanter som de ville lära känna bättre.

Folk överallt. Tindrande ögon, glada leenden, herrar som smög ner sina visitkort i damernas pompadourer när de trodde att ingen såg dem. Amelia såg alltihop och svällde av stolthet. Vilken fantastisk uppslutning.

Vilken underbar möjlighet att skapa ännu fler par och hålla fler firanden in på det nya året. Allt gick alldeles utmärkt.

Tills det var dags för talen.

Alla hade samlats i den största av salongerna, men det fanns inte tillräckligt med plats så gästerna vällde ut i hallen och trappan, med spetsade öron för att höra allt det lyckliga paret sa.

"Tack så hemskt mycket allihop för era glada tillrop", sa baronen. Faster Lamb log saligt mot sin kavaljer. "Jag har återfunnit mitt förlorade lamm efter alla dessa år, och jag är världens lyckligaste man över att hon snart blir min baronessa."

Han gjorde en paus och folk jublade sina lyck-önskningar.

"Jag är säker på att hon har haft en underbar inverkan på era liv hittills, men nu förstår ni säkert att det är dags för min kära Lamb att lägga äktenskapsmäklandet på hyllan när hon påbörjar ett nytt kapitel i sitt liv, med mig!"

Fler applåder och jubelrop fyllde huset. Självklart skulle

alla förstå att faster Lamb inte skulle ägna sig åt äktenskaps-mäkleri i den närmaste framtiden. Men hade han menat att få det att låta så slutgiltigt? Att det aldrig mer skulle bli någon verksamhet?

Bönfallande såg hon på markisen i hopp om att han skulle säga några ord.

Han harklade sig milt och framförde sina lyckönsk-ningar till bruden och brudgummen. "Men frukta inte, verksamheten kommer att fortsätta. Jag har köpt just denna fastighet av den gode baronen, och på det nya året ska vi ha fler soaréer, danser och musikaliska tillställningar."

Detta gav upphov till en artig applåd, men inte de stora jubelrop som Amelia hade förväntat sig.

"Hör ni, bäste herre", föreslog en av de lämpliga ungkarlarna bland gästerna, "jag tror knappast att det blir detsamma utan faster Lamb. Hon var husets hjärta och själ. Hon är omöjlig att ersätta."

Marken försvann under Amelias fötter. Allt hade ju varit hennes hårda arbete!

"Ah, men ni förstår", fortsatte markisen, "vi kommer att ha kontinuitet. Unga Amelia här kommer fortfarande att vara direkt involverad."

Någon hostade.

En av societetsmatronerna, åh titta, det var mrs Waver-ley, föreslog: "En ogift kvinna som fattar så viktiga beslut? Jag tror knappt mina öron."

"Men hon är inte ogift", sa markisen. "Åtminstone inte

länge till. Jag har bett henne att bli min hustru och hon har tackat ja."

Om ett slukhål hade öppnat sig rakt under huset kunde det knappast ha varit mer störande. Amelia kände allas blickar på sig. Folk kikade in från hallen, medan viskningar krusade sig genom rummet och sedan ut till dem i hallen och i trappan.

David sträckte ut sin hand mot Amelia och hon hade inget annat val än att stiga fram och ta den. När hon gjorde det sa hon: "Vi menade inte att ta någon uppmärksamhet från er fest, faster Lamb, det gjorde vi verkligen inte."

Faster Lamb drog Amelia intill sig i en omfamning och sa: "Jag är så glad för din skull." Sedan utnyttjade hon en tystnad i rummet och sa: "Min brorsdotter till en markis! Det bästa par jag någonsin kunnat skapa, och ett som jag tvivlar på att ens jag någonsin skulle kunna överträffa."

En kakofoni bröt ut när folk jublade och applåderade ännu mer.

Baronen var tvungen att skrika för att höras: "Låt oss utbringa en skål för Londons främsta äktenskapsmäklare, baronessan." Han höjde sitt glas. "För baronessan!"

Alla svarade på uppmaningen: "Baronessan!"

Åh, i helvete!

När varje gäst tog avsked neg de för baronen och kysste faster Lamb. Alla sa varianter av: "Londonsäsongen kommer inte att bli densamma utan er." Därmed dödade de all välvilja folk hade för någon som var förknippad med huset, eller Amelia.

Genom att hävda att hon hade åstadkommit paret hade faster Lamb omedvetet sänkt Amelias förhoppningar om att fortsätta verksamheten, även med sin make, en markis, vid rodret.

När den inhyrda personalen höll på att städa undan i rummen och rulla tillbaka mattorna på plats, närmade sig David henne. "Jag är ledsen att gästerna missförstod allt det här."

Amelia suckade. "Jag gjorde ett alltför bra jobb med att få dem att tro att allt var faster Lambs förtjänst."

"Det gjorde du verkligen. Jag ägnade resten av kvällen åt att försöka övertyga herrarna om att jag skulle vara en utmärkt affärspartner, men de ville inte höra på det. Inte ens när jag sa att du skulle göra arbetet, och att en gift kvinna skulle vara den perfekta personen. De sa att de tyckte synd om mig för att en markis hustru skulle behöva arbeta. De antydde i ganska milda ordalag att jag var en bedragare."

"Åh nej."

"Tyvärr har jag kommit till slutsatsen att skenet betyder mer för de flesta människor än skickligheten."

"Det stämmer nog."

"Du behöver inte gifta dig med mig, om du har ändrat dig."

"Vad?" Hon hade förlorat sin verksamhet, sitt hem, och nu sin nästan-make? "Vill du överge mig?"

"Inte det minsta, men ... du behöver inte gifta dig med mig längre eftersom anledningen egentligen inte finns kvar ... och i vilket fall som helst skulle du ha större framgång om du blev änka."

"Säg inte sådana saker!"

Han såg bedrövad ut. "Jag har ställt till det för dig. Jag trodde att jag erbjöd dig en utväg, men jag har förstört alltihop."

"Sluta med det där. Du har inte förstört någonting. Det slår mig att faster Lamb och jag kom undan med saker så länge vi kunde, men det skulle ha fallit samman förr eller senare. Vi startade verksamheten för att vi var i behov av pengar, och detta var en acceptabel handel vi kunde ägna oss åt. Nu när alla offentligt tror att allt var Lamb, och hon gifter sig med en baron, ja, då avslutar det snyggt och prydligt hennes affärer."

"Men dina är inte avslutade. Du kommer att bli tokig av att inte ha något att sysselsätta dig med."

"Jag gifter mig fortfarande med dig, markis, om du vill ha mig. En fullkomlig nolla befläckad av handel."

"Ja, tack", han sträckte sig efter hennes hand och kysste den, och såg sedan på henne spod under lugg. "Får jag en riktig kyss?"

"Utmärkt idé."

De kysstes i den svala nattluften, en het mittpunkt på deras läppar medan de gav varandra tröst och löften om kommande ting. När de slutade syntes deras andedräkt i dimmiga pustar.

"Jag har fått en idé", började Amelia. "Försäljningen gick igenom, så du äger fastigheten här."

"Det gör jag. Och tack för att du läste igenom kontraktet. Jag fick huvudvärk innan jag ens kommit halvvägs på första sidan."

"Jag var glad att kunna hjälpa till. Nå, hur låter det här? Vi åker till ditt gods i Caernarfonshire och gör sådant som gifta par gör ett tag, sköter godset och allt sådant."

"Det gillar jag."

"Och sedan senare, under nästa säsong, skulle vi kanske kunna börja om."

"Men folk skulle komma ihåg dig. Det verkar omöjligt att ta vid där du slutade."

"Ahhh, men det är här det smarta kommer in. Vi använder ett annat namn. Jag installerar en förnäm änka som verksamhetens ansikte utåt."

Han log i samförstånd med henne. "Jag älskar hur smart du är."

Hon kysste honom igen med all kärlek hon hade inom sig. När hon drog sig tillbaka frågade hon: "Jag antar inte att du känner några förnäma änkor, händelsevis? Sådana som inte lär rusa iväg och gifta sig med en barndomskärlek inom den närmaste tiden?"

Han drog sig tillbaka och kliade sig i huvudet. "Tja, min mor är änka. Det är därför jag är markisen."

"Perfekt!" Amelia kysste honom igen och glömde helt

bort det kalla vädret. "Tror du att hon skulle vara intresserad av att vara ansiktet utåt för en sådan här verksamhet?"

"Jag skulle omöjligt kunna svara för hennes räkning. Men du är välkommen att fråga, när du träffar henne."

Amelia log brett åt möjligheterna. En änkemarkisinna som äktenskapsmäklare. Så perfekt!

EPILOGUE

Efter sitt bröllop stannade de vid många värdshus i många städer på vägen till Caernarfonshire. De tillbringade varje natt tillsammans, lärde känna varandra, lärde sig vad som gladde den andre och dem själva.

"Jag måste be om ursäkt", sa hon när de satt i vagnen på den sista etappen av resan. "Jag hade fel om äktenskapet."

"Du har inte fel om alla äktenskap; somliga är verkligen förskräckliga, har jag hört", sa han. "Vårt skulle fortfarande kunna surna."

Hon gav honom en armbåge i sidan. "Säg inte så!"

"Du kanske snart tröttnar på att jag vill att du ska läsa kontrakt efter kontrakt och ständigt ber om din åsikt om hur saker och ting ska skötas."

"Vad skulle jag annars göra?"

"Jag vet inte. Vara markisinna och dricka te med besökare."

Amelia skrattade. "Det skulle få mig att surna snabbt. Åh, nej. Vänd vagnen, jag har gjort ett fruktansvärt misstag!"

Han grep tag i henne och kysste henne grundligt. "För sent nu."

"För sent för dig med."

De träffade personalen, och markisen visade henne runt på godset. Snart avlade de ett besök i änkesätet, och Amelia och hennes svärmor smuttade på te och pratade om vädret.

"Ni kanske tycker att det här är lite galet, ers nåd. Men, vad anser ni om äktenskapsförmedling?"

"Åh, jag tycker ganska mycket om det", sa änkemarkisinnan. "Vem har ni i åtanke?"

"Låt oss ta påtår", sa Amelia och gav pigan tecken att fylla på hennes kopp. "Jag måste berätta för er hur er son och jag träffades. Det var genom en äktenskapsmäklerska, och det har gett mig en idé till ett ganska fantastiskt företag."

Hennes svärmor gav Amelia ett listigt leende. "En Ardalythes bör inte arbeta, om det inte är för sitt gods."

"Ah ja, jag håller fullständigt med. Däremot skulle en änka vara den perfekta personen att anförtro unga debutanter och giftasvuxna gentlemän på äktenskapsmarknaden, håller ni inte med?"

"Ni har haft gott om tid att tänka på det här; det är en veckas resa med vagn till London härifrån."

Sanningen att säga hade Amelia inte haft mycket tid att tänka under resan; allt detta hade beslutats innan de lämnade London, men det var vänligt av hennes svärmor att bespara henne rodnaden. "Jag ska inte belasta er med för mycket för tillfället, men det är något jag skulle vilja återuppta. David har hyrt ut vårt hus i London för resten av säsongen och vi kommer inte att behöva det inom den närmaste framtiden."

"Nej, jag misstänker att ni kommer att vilja fokusera på barnkammaren."

Kalla kårar av rädsla spred sig i Amelias mage. En barnkammare.

"Är allt väl, kära du?"

"Jag är ledsen, jag ... jag hade inte tänkt på det. Jag har ingen aning om vad det innebär. Jag kommer att behöva ert råd även med det."

"Jag skulle med glädje hjälpa till. Det är en bra bit bort i vilket fall som helst."

"Är det?"

"Uppfostrade inte er mor er?"

"Äh, hon dog när jag var ung, och jag har bott hos min faster som är änka och vars make dog bara några månader efter att de gift sig. Ärligt talat tror jag inte att hon tyckte särskilt mycket om honom, eftersom hon alltid hade ett gott öga till baronen av Abergavenny, som hon nu är gift med."

Änkemarkisinnan ställde ner sin kopp. "Jaha, hon är den där förlorade kärleken jag har hört talas om."

"Har ni redan hört talas om baronen?"

"Åh ja, jag känner till alla adelsmän på den här sidan av Wye."

Amelia fnissade när hon smuttade på mer te. "Och hur många av dem behöver ett bra parti?"

"Ganska många."

Det väckte nya idéer. "Kanske behöver vi inte vänta med att återvända till London; kanske skulle vi kunna starta ett företag här?"

"Jag tror att du och jag kommer att komma strålande överens. Välkommen till familjen, min kära. Kalla mig Mam."

OM FÖRFATTAREN

Ebony Oaten skriver historiska kärleksromaner med garanterat lyckligt slut.

Hon är särskilt glad att hon inte levde under Regency-epoken, då hon med största sannolikhet skulle ha dött som spädbarn av astma, eller något hemskt som difteri. I det osannolika fall att hon hade överlevt till vuxen ålder, skulle hon antagligen ha blivit diskpiga eller en simpel tjänarinna, eftersom hon "pratade för mycket och inte var uppmärksam" och ADHD-diagnoser inte hade uppfunnits än.

Du hittar hennes webbplats, full av oemotståndlig Regency-romantik, på.

Hon har nyligen samarbetat med Catherine Bilson för att skapa Bokhandelns Skönheter.

Bok 1 heter Estelles Eldiga Beundrare.

www.ebonyoaten.link

facebook.com/EbonyOaten